さいとうなおこ歌集

SUNAGOYA SHOBŌ

現代短歌文庫

砂子屋書房

さいとうなおこ歌集☆目次

自撰歌集

第四歌集『逆光』（抄）

さいとうなおこ歌集

自撰歌集

第一歌集『キンポウゲ通信』（抄）

序

岡井　隆

さいとうさんの歌を注意して読むようになってから、そんなに長い歳月が経っているわけではない。それなのに、おおよそのところ、その歌の特色は、人に向って言えるように思っている。

いつよりかわが胸に棲む悲しみがひといろの
旗を掲げてきたる

巻頭の歌であり、巻頭をかざるにふさわしい歌であろう。「悲しみ」というところに、注意したいと思う。もっと漠然とした感情、言うに言えない感情というのではない。作者は「悲しみ」と言い切っている。飾りけなく、率直に、ものを言う人である。

この雨の境目の地は広き原とひとり決めおり
夢に入りつつ

この歌では「夢に入りつつ」が、問題になろう。しかし、第五句までの独断には、幻想が現実を切りさく快さがあって、心ひかれる。

雪あかりに夫の視線を感じる夜うつむきて薄
き紅を落せり

この歌も引いて置きたい。率直さのよくあらわれた一首だ。

裡にあるすっぱい核をきさらぎのよる土深く
深く埋めたし

これは、さきほどの雨の境目の原と同類で自分の抱いた観念——詩の核となる観念である——を、ただちに信じて一首にまでもって行く。

さいとうさんは、右にあげたような歌の特色をもって、家族をうたっている。とくに、子をうたい、育児のさ中に湧出する感傷や、児の行動の衝撃などを、一つ一つ、たのしんで歌にして行く。わたしに序文を書くように言ってこられたのは、あるいは、この、育児にかかわる取材の頻繁さのためかと思われたほどだ。たしかに、わたしは、わたし自身ひそかにつくりためている子供の歌とかかわらせながら、この本をよんだ。父親の歌と母親の歌とではちがうことは、いうまでもない。ただ、言葉は一つしかないし、子の行動には類型があるのだ。

海棠の細かきつぼみほの紅し子の三輪車土に
おろす日
知らぬ街の名前いくつもあげながら地図見る
夫をわれは見ていつ
厨辺にきゅうりの屑を食みているみどりの虫
もかなしかりけり
抽出しに未完の地図を書き溜めし吾子の未来
を不意に怖るる
バラの咲く家も咲かない家もみな天の方より
見ればはかなし

こういう歌は、かならずしも家族にばかりかかわるわけではないが、ひろく言って〈家〉の中の女のあり方にかかわっている。面白そうなことを言っていながら、作者の眼は笑っていない。どこか、一生懸命に、根をつめている感じがある。他の言葉でいえば、寂しげな感じがあるともいえる。

わがうちのわれより速く走り出す何押さえん
と目を瞑りたる
穏やかなる日々に裂け目は未だ見えず雪後の
空に小さき靴干す

負け戦《いくさ》ならんか君は疲れたる匂いを持ちて夜ふけ戻り来

鎮痛剤飲む吾に小さき額《ぬか》寄する幼な子の息草の匂いす

夢の歌はもうつくるなと人言いき夢の中深くうなずきている

すこし甘美にすぎると人はいうだろうか。たしかに、その気味もあるにはある。しかし、君よ、家族の歌は、多く愛憎の歌である。そこには、作者のユートピア幻想が、多かれすくなかれ、たなびくのである。甘美というのは、自己讃美に究極のところつながるからであるが、それがなくなったら、歌も失《う》せるだろう。

ここまで書いたら、夜が明けてきた。もうこれ以上、出版社にも著者にも待ってもらうわけにはいかない。大いそぎで、わたしの気に入っている歌を、書けるだけ書いて、さいとうさんの前途を祝したいと思う。

翅半分収めぬままにとまりたる虫がさわさわと本を横切る

籐を編みアイリッシュ読み子と遊び誰のためにもわれは生きざる

少しずつ空気が固くなる夜半に冬の入日のいろの糸編む

予報は晴　されど緑の傘をさし春へ春へとわけ入らんかな

一夜すぎもう一夜すぎ柿の葉の濃くなりてゆく朝の木の下

帳面を「春」という字で埋め来しこの子は群れにまぎれてゆかず

二の腕のどうしようもなく冷えて来る宵なり牡丹は猛き芯持つ

暗緑に鍋の若布はふくれゆき小安を区切る夜のまた来ぬ

満天星の芽立ちはみどりの燐寸《マッチ》棒擦りつくし

ても人現われず
野菜かごに芽を伸ばしゆく玉葱はペルシャの
鳥の裔かも知れず

いよいよ、はしょらなければならない。

悲しいときキャベツのサラダを食べたまえ仄
かに甘きは裏切りの味
六月はセロリのスープ白き猫みどりごの歯は
はえそろいたり
春深く並木の葉かげ濃くなれり〈関硝子店〉
の奥までみどり

すこし、みどりの勝ちすぎる結びとなったが、こ
れらは、一見、ライト・ヴァース風にみえて、なか
なかそうではない。読者はうっかり、キャベツのサ
ラダなど、たべてはいけないのだ。

1　1974〜1978

ひといろの旗

いつよりかわが胸に棲む悲しみがひといろの旗を掲げてきたる

いねぎわにみどりごの瞳《め》は暗くなり埴輪のごとく静もりて閉ず

この雨の境目の地は広き原とひとり決めおり夢に入りつつ

雪あかりに夫の視線を感じる夜うつむきて薄き紅を落せり

べっこうの星の形のペンダントぬくもりたるを夜ふけてはずす

夢も見ず眠りたる夜よ大いなる翼の鳥にさらわれしごと

裡にあるすっぱい核をきさらぎのよる土深く深く埋めたし

妻や母であらざる刻に少しずつ菜の花色のストールを編む

みどりの蟹

海棠の細かきつぼみほの紅し子の三輪車土におろす日

宇宙の先の先は何処かと問いし子の夢よ渦巻く銀河を渡れ

この日ごろ仕事の話をせぬ夫の湿りて重き靴磨きおり

もう一人僕がいたよと子は夢をはじめて語りぬ朝のくりやに

子のえがく地図には山も河もなくひたすら黒き線路が走る

胸深くみどりの蟹の棲みはじめ杳《くら》き眼をして時につぶやく

洗いあげ吊るしゆく子のズボンよりうす青きガラスのかけらがこぼる

子の寝ねし後にさわさわと動き出すくわがた虫を夫とのぞきぬ

知らぬ街の名前いくつもあげながら地図見る夫をわれは見ていつ

厨辺にきゅうりの屑を食《は》みているみどりの
虫もかなしかりけり

言い負けて帰り来し子は弟にひどくやさし
いものいいをする

陽に焼けし子らの産毛がいっせいに光ると
き夏の真中と思う

バラの咲く家

夜遅く帰りし夫が厨にてほの白き梨さくさ
くと食む

さみどりの虫と私がこの夜更け眠れぬまま
に灯の下にいる

抽斗に未完の地図を書き溜めし吾子の未来
を不意に怖るる

またさらに多忙なる課に移りたる夫は夜更
けに濡れて戻りぬ

バラの咲く家も咲かない家もみな天の方よ
り見ればはかなし

破裂音

わがうちのわれより速く走り出す何抑えん
と目を瞑りたる

暖かき冬陽の中に子のすくうひと塊《くれ》の土い
たく乾けり

凧の糸引きつつ駆ける少年は項《うなじ》に光るたて
がみを持つ

サラリーマンの妻は楽だという記事が棘の
ごとくに折々ささる

首垂れて「はだしのゲン」を読みふける八
歳となり背の伸びし子は

けんかして今別れたる子らがまたちいさき
額《ぬか》寄すさざんかの下

穏やかなる日々に裂け目は未だ見えず雪後
の空に小さき靴干す

夫と子の寝顔見て灯を消しにけり遠きどこかで破裂音する

負け戦《いくさ》ならんか君は疲れたる匂いを持ちて夜ふけ戻り来

送電線続くかなたに鈍色の森あり径は二筋ありぬ

一滴の朱

鎮痛剤飲む吾に小さき額寄する幼な子の息草の匂いす

花の種子蒔き終えて掌を洗うときさむざむと何かに遅れし思い

恥ずること知りそめし子は割れやすき陶器の如しよわれの目を見ず

チューリップの固き蕾を描くとき子よさみどりに一滴の朱を

かたつむり飼う子のためにやわらかきキャベツを削る明るき朝よ

鏡の中に映りて光るくるみの樹眺めていたり会終るまで

三人の男児を育ている友はひざ抜けしジーンズを愛用す

夢の歌はもうつくるなと人言いき夢の中深くうなずきている

ひっかきて這い上がらんとする虫を透明な箱にふりおとしおり

夏草に身を切られつつペダル踏むなにかがもうすぐはじまるにおい

加速度を増しつつ流れゆく日々の真中にわれは棒立ちとなる

翅半分収めぬままにとまりたる虫がさわさわと本を横切る

喜びを準備するなと書かれたる遠き日の薄き本を捜しぬ

2　1979～1981

七時間後

肩濡らし夜ふけて夫は戻りたり七時間後には出でて行くべく

少しずつ空気が固くなる夜半に冬の入日のいろの糸編む

もうすこし目を上げたなら何が見える　狭き視野の中鳩が降り来る

紅き紅きトウシューズはき狂いたる踊子のごときシクラメン咲き

コキコキと銀色の缶開けていてこわくなること君はないのか

いつまでも眠らぬ子らの交わす声蜂の羽音のように響けり

触れてならぬ子の裡の核《かく》桃の種子ほどの大きさならんか今は

籐を編みアイリッシュ読み子と遊び誰のためにもわれは生きざる

泣けるだけ泣きて立ちいる幼子を抱けば野
に降る雨の匂いす

たんねんに定規使いて子が描く架空の町の
駅の見取り図

友をかばう少年にいつかなりていて今朝は
かたくなにわれを拒めり

夫の息しずかに深き未明なり積もりし雪の
緊《し》まりゆく音

煙いろの帽子に隠す冬の耳やわらかなれば
いつか芽吹かん

籠の底の卵いくつも割れている夕べ紫木蓮
ひらききりたり

ひわ色の容器にある日蒔きし種子小さき双
葉となりて揺れいる

予報は晴　されど緑の傘をさし春へ春へと
わけ入らんかな

うすき壁揺れてヘルメットの首のぞくこの
駅いつも工事中です

群　れ

一夜すぎもう一夜すぎ柿の葉の濃くなりてゆく朝の木の下

眠る前の子が問いしこと非力非凡非協力的ってなに

〈高く翔べ〉清朝体の塾案内濡れてポストに貼りついている

春雷の夜半に寝惚けて起きし子の坊主頭を抱きてやりぬ

子供らが終日掘りていし穴に夜更けは雨の溜まる音する

ゆるゆると階段降りてきたる子が膝をそろえて床に泣きおり

いつ死んだ魚かと問うどのように殺したかと問う真直ぐに見て

暗緑に鍋の若布はふくれゆき小安を区切る夜のまた来ぬ

二の腕のどうしようもなく冷えて来る宵なり牡丹は猛き芯持つ

梅雨明けのピーマン割ればみどりごの歯に似る明るき種子の重なり

署名するを拒みて人を送り出す道の辺韮のこまかに咲けり

頭巾被り鼻の上向きしが子に似たり平和記念資料館ロビーの写真

感嘆符打つごと鳴きている虫に声そろえ返事しておりし子らは

酢と油白く濁らせゆく夕べたまゆら人を淡く憎みぬ

何ごともひたすらなるは好まずと言いきりて起《た》つ少し昂り

爪切るを覚えたる子は湯上がりのまま一心にかがみておりぬ

押し黙り古き映画を見ておりしが半ばにて夫は消してしまいぬ

ペルシャの鳥

満天星の芽立ちはみどりの燐寸《マッチ》棒擦りつくしても人現れず

風吹かず春となるらし少しずつ子は半透明になりてゆくかも

野菜かごに芽を伸ばしゆく玉葱はペルシャの鳥の裔かもしれず

前後左右の影を踏みゆく朝の街に銀の鳩など混じりおらずや

殻うすき春の卵を割るときにひるみていたりわが手の乾き

失いし紅き耳輪が木菟《みみずく》の目となりて人間の森に棲むらし

キャベツのサラダ

アブラナの茎立ちて風に揺るる午後白くひらたき敗北感あり

悲しいときキャベツのサラダを食べたまえ仄かに甘きは裏切りの味

六月はセロリのスープ白き猫みどりごの歯ははえそろいたり

少しずつ異なる耳を持つわれら子らの横顔ひそかに描く

いねぎわにまつわりてくるしろき蛾のごとき思いを打ち消しており

七月の茗荷青紫蘇星型にオクラを切るも穏やかならず

黒塗りの箸をそろえて沈めたる真夏の水に祖母を思えり

鬼蜘蛛の大き巣ありし空間に陽の射しており脱出をせよ

3　1982〜1983

暗　黒

ポケットに小鈴が鳴れり今日われは何の標的に選ばれたるや

ぬぐいたる血の痕残し少年は風の夕べに帰り来にけり

わが家族眠れる頭上暗黒に老いて死にゆく星あるという

冷えしるき新月の夜半いま地震《ない》は月の砂礫を揺りつつあらん

繭のごとおさなき星を育ている宇宙も昏き母胎なるべし

いきいきと子ら走りゆく神に似せて造られしわれら六日目にして

ひとつずつ足場を解きてあらわれし夕焼けの中のももいろのビル

糸つけしままの縫い針見失う胸のあたりまで暮れてしまいて

わが裡にめりこむごとく墜つる陽のいまフィヨルドを照らしておらん

地球にのみ雨降るという黄金色にきのう光りいし草生も濡れて

銀いろの煮干しとなりて身を曲げし魚は何れも小さき口開く

しっかりと子を抱えなお不安なり裏切りはせぬかわれの双手が

たましいの抜けゆくに似てさかさまに吊るせし黄薔薇乾ききりたり

厚く剝く冬の大根滴れば鬼の腕《かいな》を想いておりぬ

帰るべきふるさとあらず居を替うるたびに菫を殖やせり母は

夢の中まで雨は降りいて片肺を失いし父のゆるゆる歩む

九百余年

朝くらき花屋の土間に包まれて仮死せるごとき白百合の束

雨の中ワルツの楽におくれつつ移動図書館の来る水曜日

廃鶏の試食会せんと連絡のありぬめぐりは花芽どきなる

九つの星集いたる週過ぎて傘立てより消えし肌色の傘

連翹の花をついばむ灰色の鳥の喉《のみど》がいきいきと反る

冥界より女神ペルセフォネ還りこよ現世はいま桃の真盛り

胸の辺を苺の汁に濡らしつつ「せつないってなに」と子が問いかける

氷河期より眠り続けしマンモスの口中に残りたるキンポウゲ

精悍な豹のごとくに子をのせて翔けぬけてゆく黒き自転車

空裂けて薄き陽の射す夕暮れはロトの妻思
い突っ立ちており

追う鳥も追わるる鳥もじぐざくに青嵐吹く
空へ昇りぬ

いつまでも土になじまず光りおり小鳥の水
を捨て来し辺り

酔うことのできぬ私を淋しみて手紙がとど
く「箱をこわせ」

いかならん術のありしや創世記の人らは九
百余年を生きぬ

潦水

水引の広き葉の上カマキリの子が幾匹も生
れて縋《すが》れり

水温の壁に当たりて死ぬという魚の群れを
夜半に思いつ

断定する言葉を覚え少年期の真中なるらん
尖りたる肩

茗荷の葉のように伸びゆく少年は母の矛盾
を鋭く突きぬ

潦水《いさらみず》入鹿の屍《かばね》浸したるかの六月も寒くありしか

ひざ抱きて目ざめていたる夜のほどろ小さき蜘蛛がわれを迂回す

手の中にジョーカーはまだ残りいて針孔《はりあな》ほどの目をして笑う

星の死を予告する記事拾い読む花火のごときいさかいののち

覚めぎわの耳にすずしく残りしは足結《あゆい》の鈴の音かもしれず

冬になる前に

ふくふくと白き蕾の育ちゆくカリフラワー畑神の領なれ

くもり日に石蕗《つわぶき》ひらき夫と子は同じ背丈になりてしまいぬ

白き犬駆けてゆきたり成熟期に入りし宇宙と読みたる朝に

「冬になる前に急いできてほしい」パウロは手紙に二度記したり

思わざる人あらわれて当然のごとくに夢を支配し始む

追儺《ついな》の夜湯あがりの子の踵よりそばかすいろの棘を抜きおり

目の前が閉じられてゆくさびしさに樹のごと濡れてバスを待ちおり

立春を過ぎたる街は明るくて並木通りの桜芽ぐめり

わが夫も群れを好まぬ一頭と傍えにありて長く思い来つ

ものがなしき匂いをたつる夏柑を子はひたすらに剝きて食うべぬ

野蒜引き臭える小さきてのひらが窓辺に青きひと束を載《の》す

かさなりて咲くはなのいきわが肩にひろがりゆきてつめたかりけり

雨の匂い

片づかぬ机に今宵つやのある喪のネクタイが捩れてありぬ

なかゆびにガラスの指輪割れしときどのような魔がわれを過ぎしか

誤解されしことばを思い思いつつ小さく澄める水たまり踏む

とりあえず壜にさしたる紅バラが刻刻む間もひらく気配す

春深く並木の葉かげ濃くなれり〈関硝子店〉の奥までみどり

歩みつつ日昏れは淡きネムノキの閉じゆく葉より来ると思えり

少女の日に通いし丘の教会より届く手紙の文字変りたり

育ちゆく子らは片手に「音楽のある日常」というを携う

空缶に集めし毛虫埋めにゆくまだあたたかし日ぐれの土は

黄昏に起き出で塾へ行きし兄のラジオをそっと弟は聴く

あらくさにまぎれし夏のたんぽぽへとおき氷河の崩れゆくおと

硝子戸の向うに手花火爆ぜており記憶のかぎり父に甘えず

海越えて引き揚げて来しとおき秋若き母にはわれが抱かれて

撃たれたる真似してまぶた閉ずる子に酸ゆき怒りのこみあげて来つ

寝ねぎわにアリヒシノカラということば不意に浮び来《く》鈴鳴るごとく

息するを忘るなと人はしみじみとわが顔見つつ言い給うなり

使徒信条忘れはてたるこの冬に誕生カードが西より届く

虹の脚あまくかすみて冬近き関東平野は雨の匂いす

解説　キンポウゲに寄せて

大島史洋

氷河期より眠り続けしマンモスの口中に残りたるキンポウゲ

歌集名にもつながる一首である。
また、こういう歌もある。

あらくさにまぎれし夏のたんぽぽへとおき氷河の崩れゆくおと
冷えしるき新月の夜半いま地震《ない》は月の砂礫を揺りつつあらん

さいとうなおこさんの歌には、この現世をはなれた遠くはるかなものへのあこがれ、願いがこめられている。それは、まだしかとは作者にも読者にもとらえられてはいないかもしれないが、この一冊を通して、その切なる願いは伝わってくるように思う。

さみどりの虫と私がこの夜更け眠れぬままに灯の下にいる
花の種子蒔き終えて掌を洗うときさむざむと何かに遅れし思い
夏草に身を切られつつペダル踏むなにかがもうすぐはじまるにおい
しっかりと子を抱えなお不安なり裏切りはせぬかわれの双手が
なかゆびにガラスの指輪割れしときどのような魔がわれを過ぎしか

これらの歌には、みずからの内部にうごめく〝何か〟を見つめようとする作者の姿勢が感じられる。これを突きつめてゆくことによって彼女の歌がより豊かなものになるのかどうか、それはわからないが、いまのところ、

何ごともひたすらなるは好まずと言いきりて
起《た》つ少し昂ぶり

とうたっているごとく、未知なる己れを前にして一歩身をひいた茫洋としたスケールの中に彼女の歌はある。

　日常の身辺を歌の素材にしてはいるのだが、その細部にこだわる気持はうすく、かといって詩的想像の世界に遊ぶにはあまりに醒めすぎた日常を見る目がじゃまをする。そうしたありのままの日常の己れをうたいつつ、時にきざす〝何か〟へのあこがれ――それは同時に恐れでもあるのだが――を前にして、彼女がそれの究明につき進むのか、あるいは無関心の体をよそおってそれをなだめつつ、日常的な視野の中で表現の衣装を磨いてゆくのか、それは一つの岐路ではあるのだが、いずれにしても「何ごともひたすらなる」を好まぬ彼女の体質は、あるいはこんな二次元的境界をするりと抜けた別の世界に己れを立たしめるのかもしれない。

　私はさいとうなおこさんの歌の根底に在る何かクールなもの、それをも含めて茫洋としたスケールの大きさを感ずるのだが、今後彼女がどのように歌の世界で己れを展開してゆくのか、はじめにあげたような歌で示した才質の片鱗がどのように煌めくのか、それを楽しみにしているのである。

　ところで、この歌集からは彼女の日常的な生活の推移をほとんど知ることができない。歌集の終り近くにある、

帰るべきふるさとあらず居を替うるたびに菫
を殖《ふ》やせり母は

夢の中まで雨は降りいて片肺を失いし父のゆ
るゆる歩む

少女の日に通いし丘の教会より届く手紙の文
字変りたり

海越えて引き揚げて来しとおき秋若き母には
われが抱かれて

といった歌によって、かろうじてその一端を知ることができるのみである。
彼女は昭和十八年の生まれであるからほぼ私と同世代である。歌を作りはじめたのは比較的おそく、二十代も後半になってからであるらしい。彼女を抱いて引き揚げて来た若き母は、『霧子』『罌粟岬』という歌集を持つ同じ「未来」の仲間である三宅霧子さんである。

『霧子』には、

　飢餓のみの待つ日本と伝へきけば子を抱きて
　われの如何にかもせむ
　弱きゆゑ悟り得ぬゆゑ主にすがると或る時は
　声に出でて祈りぬ
　あるはずみにおそれて思ふわれと子とものの
　考へのいたく似通ふ
　職もてる母に庇はれず育ちしを今もひそかに
　思へるや子は

　いくたびか子らを転校せしめつつ藍流す川の
　辺にも住みにき

といった歌が見え、なおこさんの歌と照応している。また、『霧子』にはキンポウゲもうたわれている。

　きんぽうげ戦ぐかの野を思はしめフルートの
　音の短くて止む

「かの野」のきんぽうげと、マンモスの口中に残っていたキンポウゲは、彼女の内部に広がる遙かな遠い世界でつながりあっている。樺太に渡っていって住んだという祖父母、両親の血が彼女にも脈脈と流れているのだろうか、私はここにも茫洋とした大陸的な彼女の歌の世界を感じるのである。
三宅霧子さんは古くからの「アララギ」会員であるから、同じく「アララギ」会員の父をもつ私となおこさんは立場が似ているといえば似ている。ただ、彼女の場合、歌の出発がおそかったせいもあってか、「アララギ」の、あるいは母親からの影響はあまり受けていないようである。ひょっとしたら「未来」のこれまでの歌の傾向とも無縁なところがあるのかもしれない。彼女の歌のよさは、たしかにそうした流れとは無縁の部分で輝いているようにも見える。

妻や母であらざる刻に少しずつ菜の花色のストールを編む

胸深くみどりの蟹の妻みはじめ杳《くら》き眼をして時につぶやく

失いし紅き耳輪が木菟《みみずく》の目となりて人間の森に棲むらし

繭のごとおさなき星を育ている宇宙も昏き母胎なるべし

わが裡にめりこむごとく墜つる陽のいまフィヨルドを照らしておらん

このようにうたう彼女の歌が、今後も少年の緑の蟹を見守りつつ、同時に、菜の花色のストールならぬ紅眼の木菟の宇宙を、彼女独自の言葉によって編み出してほしいと私は切に願うのである。

この歌集が世に出るころ、キンポウゲの黄の花は咲いているだろうか。昔はふつうに見られたのに今の都会ではあまり目にすることもないように思う。今度どこかで見かけたらさいとうなおこさんからの通信を思い出すことだろう。

あとがき

子供の頃、父は長い間結核で入院していた。その間母はひたすらミシンを踏んで、私と妹を育てた。父が退院し、再び家族が一緒に住むようになったのは、私が中学三年生になってからである。こういうことと、私が今、短歌をつくっていることとは繋がっているのだろうか。

結婚して男の子を二人産んだ。その頃、毎夜帰宅の遅い夫を待ちながら短歌らしいものをノートに書きはじめ、たった一度朝日歌壇に投稿したところ、近藤芳美選に入った。この偶然のおかげで、私が母の所属する「未来」に入会したのは一九七三年の秋である。あれから十年余りが過ぎ、子供たちも大きくなった。その間、近藤先生から何回か「夫や子供のことは捨てよ」と作歌上のご注意を受けたけれど、私はとうとう捨て切れずに今日まできてしまった。〈家族〉は私にとってはつねに想いの中心であり、私と天地でおこるあらゆるものごととを繋ぐ糸だと思っている。

私は、生きて今在るひとときをなにかの形に残しておきたくて短歌をつくっている。明日はどうなるのかまったく見当がつかないから。そしていくつになっても揺れやすい私の心の平衡を保ちたいために。この一冊は、私の十年間のある部分を記した通信のようなものかもしれない。作品はほとんど「未来」に発表したものだが、それに「水辺より」と「群帆」その他の分を少し入れて二九七首にした。

怠けもので、ちっとも飛翔しない私をずっと見守って下さいました近藤芳美先生、とし子夫人、ご多忙にもかかわらず快く序文を書いて下さいました岡井隆氏に心より感謝申しあげます。

同世代の大島史洋氏には、鋭い刃を入れていただきたくて解説をお願いしました。ありがとうございました。選歌は母である三宅霧子に助言を受け、校正その他、川口美根子氏のお手をわずらわせました。また、後藤直二氏、柳川創造氏、木田そのえ氏、そして「未来」の仲間、道浦母都子さん、金田冨恵さん、佐伯裕子さんらの叱咤激励がなければこの歌集は決して出来上がらなかったことでしょう。みなさまにあらためてお礼を申しあげます。

最後になりましたが、この未熟な歌集のために大変行き届いたご配慮を下さいました雁書館の冨士田元彦氏に厚く感謝申しあげます。

一九八四年初夏

第二歌集『シドニーは雨』（抄）

Ⅰ　マリアの血　1984－1989

あと幾日

ハルジオンのけばだつ原を抜けて行くあたたかきかなわれの体は

かすかなる塩の湿りはこの夕べ痛みとなりて指に伝い来《く》

あたたかき唇《くち》の感触のこりたる夢の醒めぎわ苦しかりけり

少年はのこぎりの柄ののぞきたる青きリュックを肩に吊るせり

わがいだくかなしみよりも濃きいろの朱色の月が中空に浮く

カナリアの水の容器を捧げ持ち階段のぼりてゆく子かぼそし

死の近き鳥よとわれら見守りしカナリアいつか羽替えを終えぬ

雨の夜の紫陽花重し地球終焉の日まであと幾日ある

弟をかばうとき子は母われに老いたる馬のごとき目をせり

水面に蝶のむくろはあしほそき虫数多《あまた》のせて漂いゆけり

川二つ横切りてゆく小さき旅にレールモントフの詩集携う

雨脚の見えぬ川面にかすかなる吐息のごとき波立ちており

海となる川の終りは何もなし鷗の群れを見て帰り来ぬ

好まず

キリストの顔描きたる西欧の絵のいずれをもわれは好まず

雷雲の過ぎてかなかなほそく啼く森の入口光りていたり

Tシャツのからだを折りて居眠れる子の変
容は見きわめがたし

読みすすむ皇極記より天寒《あめ》しという声ひと
すじ立ちのぼりくる

あめいろのスパゲッティを茹でいる間子に
探湯《くかたち》の話をひとつ

混みあえる車内に薄き冬日射し人揺るると
き血のにおいせり

雨の夜の敷石堅しこの径も職持ちしより三
年となる

マリアこそさびしき女胸寒くおもえど感傷
の範囲を出でず

みどりごをくるむに似たりチューリップの
あおき蕾に春の雪積む

アララテの山より翔びし鳩の裔《すえ》雨のホーム
の溝つつきいる

背のびして冷たきはなに触れしゆえわれの
てのひらいつまで痛む

わたくしに育てられたる子の思い万と一夜
を経てもわからぬ

外灯の光の環よりはずれたる道に小さき鍵
を捜せり

銀の価

サムエル記とばしつつ読むナシケルの銀の
価《あたい》はいかほどならん

玄武岩紅雲母岩柘榴石こよい人の名よりも
親しき

日にひかる薄はしろし日のかげの薄はあか
し目をつむりたり

朝な朝な腕立て伏せを日課とし子の力瘤は
つかふくらむ

寝そびれし夫の夜更けに剝きたらん林檎の
皮がきれぎれにあり

思うようにならぬとわれを言うときの目の
表情に救われている

志望欄に教師とあるを見ておりぬ窓閉めに
来し日暮れの部屋に

即死せしレールモントフ想いおり冬の積雲
とどまりがたき

紺いろの冬の夜は更け生真面目なわが家族
みな眠りに落ちぬ

傲慢をポケットに入れし汝れよとぞ〈ジャ
ンヌ・ダルク〉の杳《とお》い一節

唯一の味方のごとく柔らかなマフラー首に
巻きて歩めり

一つだけよろこびごとを見つけてから起き
んと朝のたゆたいにおり

全円に復したる赤き月のした花粉はさらに
西へ流るる

春夕べ肉屋の広き俎板にならびていたり鶏
のあし

マリアの血

ぎんいろのメタルフレーム定まりてこの顔
より人はわたしを知らぬ

空青き聖金曜日燕らは鋭きナイフに似て飛びかいぬ

月朱《あか》く高く昇りてゆく宵はわれの痛みにいま少し触れよ

日盛りの桜の根より一生に一度のごとく羽蟻湧きくる

虎耳草《ゆきのした》押しのけチヂミグサ殖えぬ水引草と穂を競うまで

かんたんに救われてしまう魂など捨ててしまえと油蟬啼く

つぶれたる青虫くるむ指先のいきいきとせる粘着力は

巻雲が流れしのちの空高く霊園行きのバス発車せり

ソルダムは果肉ほのかに透きとおり聖母マリアの血を思わしむ

剃刀はどう使うのかと子が夫に問いいる夕べこおろぎの鳴く

肩越しにのぞけば夫の開きたる頁に黒き戦闘機飛ぶ

乳房のごとき

つつましき音たてて未明四輛の赤き電車は西下しゆけり

ひつじぐも泡だつ真昼川幅はあるところよりふくらみを増す

日を吸いて乳房のごとき中洲あり潮のにおいのただたえがたし

川渡る車輛の影に入りしとき中洲の砂のあおきふくらみ

透明な電話ボックス増えゆきて街なかに人は風景となる

教会の大き無花果伐られたり今宵銀河はけむりて流る

ヘスの死を知りたるまひる厨辺の蔦の蔭なる蜂の巣しずか

古びたる子のスタンドが点りおり失意とはかく明るきものか

みずからの体を吊りて卓上に降りくる蜘蛛も楽しからざり

乗り換えの駅の階段軽快に下りゆきしのち
のわれを捜すな

紫のシャツ着たる子と灰色の背広の夫の交
差する朝

大声にわれを捜せよ冬に入る朝の二階より
いつまでも呼ぶ

集団嫌い

遠足には行きたくないと告げに来るけぶる
がごとき表情をして

理由なく逃げるなと子を諭しおりさはいえ
どわれも集団嫌い

トリならばいかにか生きんニンゲンの群れ
になじまぬ子を一人持つ

夜の暗きガラスに動く己れへと猫はいくた
びも跳躍をせり

窓が鳴る木々の枝鳴る夜の風のとらえしものは魂をもつ

ヘッドホンはずせば高き波は消え雪が降るよと現《うつつ》の声す

会果てて下り来る暗きフロアに薔薇の花首転がりており

びっしりと雨をのせたる銀の巣に蜘蛛はふたたび戻ることなし

うずくまる黒馬一頭胸に飼ういくらか他人の馬のごとくに

II　黒い窓　1989－1991

宙に近づく

一九八九年一月、冬のインドをめぐる。

小銃を肩に吊る兵士の黒き眸《め》に灯がゆれているボンベイ空港

エローラの石窟の階登るとき暗闇はとおき世の匂いせり

のみの跡ひとつの向きに深きかな石工はすでに憎を超えたり

夏帽子押さえて立てり窟院をのぼりてわれは宙《そら》に近づく

素足にてアジャンタの深き窟に入る母の胎内へ戻るごとくに

永遠に眠らぬ空ゆ剝《む》きだしのデカン高原を射る光の矢

編みかけのセーター置きて腰太き女はわれをボディチェックす

神の子《ハリジャン》と名付けられたり三千のカーストよりぞはじき出されて

王宮の壁に描かれし藍の花とぎれてほそき線浮ぶのみ

メーキング済みしベッドに泡立たぬシャンプーあとの髪が冷えゆく

日本にかわらず律儀に並びたる猟師オリオンの帯の三つ星

トランクを開きたるまま爪をきる七日目の夜に入らんとして

ナチュラル

土ぼこりいろのサリーをたるませてしゃがむ女を幾たびか見つ

食堂の隅に静かな拍手湧き誰かバースデイを祝われている

南より空の蒼さを見つつ来ぬタール砂漠に到る街まで

日没の空撮り終えし人ら去り沙漠は星の領域となる

二杯目のオレンジジュースに塩振りてガイドのラジャーン一息に飲む

兵役はあるかと問えば簡潔にないと答えぬややありてのち

かたわらのガイドが時折くちずさむ歌はインドの古き恋歌

生きること死ぬことすべてナチュラルと若きガイドは言い放ちたり

アラベスク

黄の花にほぐるるたまご哀しみは使いこみたるフライパンより

いつまでも私の上にとどまらずどうぞ流れて　火のごとき雲

温度差の激しき朝を告げている列島地図にふるさとあらず

引揚げの船の記憶は持たざれど目瞑《つむ》ればばからだしずかに揺れる

雨ざらし日ざらし黒き自転車のサドルの上の醒めた魂

別れゆく人のごとくに一対の椅子向き合いて夕日を受くる

冬に入るあけぼのの空刻々とたましい抜けて透明になる

還り来てわれの居場所を確かむる声低くして青年期に入る

わが日々は黄ばみしレースのアラベスクひと目拾いてひと目減らして

昨夜《きぞ》星を啄みしゆえ声嗄れて漆黒の鳥は地上を歩む

黒い窓

一九八九年八月、右眼網膜剝離。

眼の中のブラックホールひろがりてわれの視界をのみこみてゆく

右の眼の六時と八時方向に馬蹄形なる裂け目あるらし

夕ぐれは窓に引きたる暗幕をふちどりているひかりのコロナ

西病棟十一階に漆黒の窓が見えたらそこにおります

夕近き物音すべて歯を持ちて回転しつつ耳に入り来る

ゆっくりと涙出できぬ術前に右の睫毛を切り取りしのち

すこやかな眼球に似る葡萄にて皮むけばそのみどり滴る

不揃いに夫が入れたるバラ五本まだ三本は開きいるらし

回診に従《つ》き来て私語をかわしいる研修医二人の高き靴音

髪結ぶ若き主治医は人恋うるアリサの眸《め》にてわが眼のぞきつ

明け近きナースコールは山鳩の甘える声のごとくに聞こゆ

赫《かがや》ける晩夏に病むは救いなり快活に子は汗を拭いぬ

シドニーは雨

二週間後、ふたたび手術。

空っぽの瓶はずしたる薄闇に点滴の鉤揺れる気配す

眼の中の水抜く手術明日となるついでに涙を抜いてください

頭より地にのめり込む錯覚を繰り返しつつ意識戻り来

真夜中の看護婦室より響きくる華やかに金属を取り落とす音

シドニーは雨とラジオの声低しシドニーの
雨いま耳に受く

水底を見ているならん手術後の揺れる視界
に半月浮ぶ

交差する河

水面に消えゆく雪を見つついて母の無念を
ふいに理解す

少年期過ぎたるのちも揺れやすきコーヒー
ゼリーを子は熱愛す

青き火の上にあふるる牛乳のにおい滅ぶる
星のにおいす

ガンジスの深きを流れ交差する河あるを聞
きまた忘れゆく

夜歩むことは楽しも見えがたき右の目にし
ばし穏やかな闇

夜深く夫と分け合う白桃の甘さよ共に息つ
まらせて

腐りたる葱の束あり忘らるるものは形を変うるほかなく

人伝てに噂聞きたり口髭のなくなりしというラジャーンの顔

井の底をのぞくごとくに見上げいる夜半の積雲あたたかきかな

集団よりはずれて歩くスカートにまつわるヒユ科イノコズチ属

濡れ光る小石となりし感情によふけひたすら掌をあてている

身の軽き屋根屋がどっと伐り落とす泰山木の厚きみどり葉

風の芯過りしのちの青空へ戻るともなき子を放ちたり

いと高き所に

木の椅子に並び讃美歌聴きおりぬ旅の途中と告ぐることなく

祖父祖母とわがよぶ四人ゆくりなくプロテスタントになりたる時代

風の夜半エゼキエル書の警告をおそれつつ読む二千年のち

夜の風にタイザンボクの声を聴こう〈いと高き所に、ホサナ〉

甦りくるまなざしは茫とせり　初冠雪と昨日聞きたり

まだかたく冷たき柿をかじる夫少年のようにうしろを向きて

あたたかき冬と言いつつ肩にくる雪虫互いに払い合いたり

夜半覚めて母をおもえば群青に流離といえることば泡立つ

半分に切られしレタス包まれて店頭飾る蘭よりあおく

投石器使いて敵に対いたる世より一万年後のミサイル

主の御名によりて投げたる石迅《はや》しあぶらなす夏の羊飼いダビデ

牛乳石鹸

少女らの会話の中に小気味よく飛び交らセンイ・カルシウムなど

発酵を終えたるものの静けさに青ざめながら桜散りゆく

一日中顔を合わせぬ子が言えり風呂へ入るのはえんりょします

諍いはさておき豊かに泡のたつ牛乳石鹸を好めりわれは

夫になき煙草のにおい青嵐子は一言にてわれを切り捨つ

打ち負けて引退したるチャンピオン網膜剝離と小さく載りぬ

みどりごを取り落とす夢この頃は見ずなりしことも淋しきひとつ

目をこらす闇に若葉のうすあかり恋しくあらば行かざるがよし

ボンベイは夜明け　路上の塊りが揺れつつ人となりゆく頃か

たましいの何に涼しき音たててドレッシン
グをつくらんとする

蟷螂を食みたる猫がうっそりと青葉の闇へ
戻りゆきたり

人へ急《せ》くこころにも似てみずひきのほつほ
つ紅き穂花傾く

夢のなか瀬の石踏みて渡りくる黒馬《くろま》の騎手
のつねに顔なし

透明な存在感

尾崎左永子

さいとうなおこ、という名をみると、私にはどういうものか、彼女の後姿が目に浮かんでくる。色白で聡明そうなあの顔立ちや短くカットしたすがすがしい髪型などの印象もさることながら、背筋を伸ばした、そして多少肩に力の入った彼女の後姿には、贅肉がなくて、すらっとしたいさぎよさがある。
その印象が、私にはそのままこの歌集『シドニーは雨』に重なってきてしまうのである。なぜ後姿なのかはわからないが、たぶん、さいとうなおこ自身の気づかない、本然の姿がにじんでいるからかもしれない。

マリアこそさびしき女胸さむくおもえど感傷の範囲を出でず

サムエル記とばしつつ読むナシケルの銀の価《あたい》はいかほどならん
かんたんに救われてしまう魂など捨ててしまえと油蟬啼く

私は個人的にはさいとうなおこという作者のことをほとんど何も知らない。まことに無責任な、それだけに自由な読者でもあるわけだが、まず眼にとまるのが、こうした「神と人間」の関わりに視線を向けた作品群である。作者の視座そのものが、硬質で透明な感じをもっているのは、内面に眼を注ぐことを怖れない姿勢のせいなのだろう。女性の歌にありがちな誇張や修飾が少いのに共感をおぼえる。

みどりごをくるむに似たりチューリップのあおき蕾に春の雪積む
透明な電話ボックス増えゆきて街中に人は風景となる
乗り替えの駅の階段軽快に下りゆきしのちの

われを捜すな

一見淡いようにもみえるのだが、ここに展開される歌世界は構成が確かで手応えがあり、まぎれもなく都会的、知的な処理がなされているのに注目したい。

日常生活の中からとり上げられる素材、たとえば夫、子ども、母、妹などに関する作品も沢山あるが、単に日常詠、家族であるものは少なく、つねにそれは素材にすぎないようにみえる。「人」との関わりを通じて、いつも視線はわが内に向けられていく。たとえば

水面に消えゆく雪を見つついて母の無念をふいに理解す

などにもその傾向を見る。

雨ざらし日ざらし黒き自転車のサドルの上の

醒めた魂

の歌にあるような、「醒めた魂」の透明な存在感がさいとうなおこの持ち味なのかもしれない。しかし、醒めた魂といっても冷たいわけでもなく渇いているわけでもない。みずみずしく、さわやかである。この歌集を読んでいて、数多くの色彩名が出てくるにもかかわらず、読了したのちの印象はむしろ淡彩的で、私には「うすみどり」がこの歌集のイメージカラーであるような感覚が残った。

みどりごを取り落とす夢この頃は見ずなりしことも淋しきひとつ

腐りたる葱の束あり忘らるるものは形を変うるほかなく

歳晩の夜の天明し一切の銀河いま北へ牽かれつつあり

ぬばたまの夜を吹く風は天頂の星を啄む羽音なるべし

こうした作品をふくめて、絶えず何か天の遠くへ心魅かれている作者の魂が、もどかしさを押しころしながら、うす緑いろの風に吹かれている、そんな印象をもつのである。

目をこらす闇に若葉のうすあかり恋しくあらば行かざるがよし

彼女の後ろ背に向かって、「行かざるがよし」ではなく、思いきって行きなさい、と手で一押ししたい気もするのは、私がさいとうなおこの未来にさらに期待しているからでもあろう。さわやかな読後感が残った。

（栞文）

非在の雨いま耳に受く

三枝浩樹

雨脚の見えぬ川面にかすかなる吐息のごとき波立ちており
海となる川の終りは何もなし鷗の群れを見て帰り来ぬ

さいとうなおこさんの第二歌集『シドニーは雨』の巻頭近くにあるうたである。私が魅かれたのは、主に後者の方だが、こうして並べて読むと、感想はいっそうふくらみを増す。多くの滝の上が平凡な水流にすぎないように、心魅かれる川の流れる河口から海までたどってゆけば、何事もないように海に続いているにすぎない。そんなありふれた河口の光景。「海となる川の終りは何もなし」という表現は、そういう屈折した思いをうまく伝えていると思う。「何もなし」という強い打消しに続く「鷗の群れを見て帰り来ぬ」という下句の写実表現にも注目したい。三句であざやかに切れつつ、しかし一首の文脈全体では、この三句の打消しは色濃く下句に影を落としているのを否めない。そのため、この一首からたちあがってくるのは河口周辺に舞う「鷗の群れ」を一心に見ている光景でありながら、眼前の実景に現われない、虚の部分、非在のものの印象も強く残るのである。写実表現がその背後にあるものをも垣間みさせる一例として、注目したいうたである。

　さいとうさんの作風は写実的ではないが、印象にのこる作品には写実的な要素がさしこんでいるように思われる。

　ソルダムは果肉ほのかに透きとおり聖母マリアの血を思わしむ

　ヘスの死を知りたるまひる厨辺の蔦の蔭なる蜂の巣しずか

　黄の花にほぐるるたまご哀しみは使いこみたるフライパンより

　冬に入るあけぼのの空刻々とたましい抜けて透明になる

　一首目はソルダムの「果肉ほのかに透きとおり」という把握なしには下句の思いは説得力をもちえないし、二首目も「蔦の蔭なる蜂の巣」に目を留め、矚目しているところがいいと思う。三首目はスクランブル・エッグを作っているのであろう。「黄の花にほぐるるたまご」というあざやかな色彩の乱れが、日常のなかをよぎる哀しみをうまく伝えている。四首目はあけぼのの空の刻々と微妙にひかりと色を変えてゆく様態と、それに感応して、爾余のものが削ぎおとされて無に近づき透明になってゆく思いが巧みに表現されている。いずれにおいても写実表現が情意を伝達する梃子になっているのがわかって興味ぶかい。

　歌集後半では網膜剝離で手術を受けた折の連作に注目した。視覚が一時的にせよ奪われたとき、私たちの感覚はどう変容するのか。

眼の中のブラックホールひろがりてわれの視界をのみこみてゆく

頭より地にのめり込む錯覚を繰り返しつつ意識戻り来

真夜中の看護婦室より響きくる華やかに金属を取り落とす音

シドニーは雨とラジオの声低しシドニーの雨いま耳に受く

　視覚に依存できない状態に陥ったとき、私たちは聴覚を頼りに世界にむかわざるをえなくなるに違いない。そうした闇のなかでは、一つ一つの音がはっきりした輪郭と表情をもってひびいてくるのだ。これらのうた、とりわけ後の二首には、肉眼による映像ではなく、聴覚から得られた非直接的な映像の、心に沁みこんでくる瞬間が捉えられている、と思う。なぜこのような敏感な反応が可能なのか。視覚に頼っていた感覚が停止を余儀なくされ、聴覚がにわかにその領野を拡げるためであろう。「シドニーの雨いま耳に受く」という表現は、リフレインによって初句とは全く違った輝きを帯びたものとなって伝わる。「シドニーの雨」を「耳に受く」るというのだ。遙かな国の雨を目に見るように聴きとめている耳がある。かかる耳を通して遙かな雨との交歓が生まれたのだ。それは非在であるゆえに、視覚の雨よりもいっそうしみじみと作者の現在《いま》をぬらしているように思われる。

（栞文）

あとがき

第一歌集『キンポウゲ通信』から七年半が過ぎてしまいました。この「シドニーは雨」三一九首には私の四十代のほとんどが含まれております。

第一歌集のあとがきにも、今在るひとときをなにかの形に残しておきたい、と書きましたが、私が残したいのは、単に日常の事実の再現ではなく、そこから感じ取ったものを再現したかったのです。でもこれは非常にむつかしく、感じたものがまだもやもやと不鮮明であるのに言葉を与えてしまうことも少なくありませんが、時にそのもやもやの中から未確認の自分や、思いもしなかった光景があらわれることもあり、短歌という形の不思議さを思います。

今、私が心をひかれているのは〈境界〉ということです。生と死、天と地のさかい目とよく言いますが、実はそんな決定的なわかれ目があるのではなく、もっと不分明なものだと病気のときに実感しました。四度の目の手術のあいだ、私は明と暗、幸と不幸の境界を行ったり来たり、時にはその両方を同時に感じたりしたのです。ただそういう思いも歌になると、どうしても事実の重さの方へ、引かれまいとしても引き寄せられてしまったように思います。今後の課題です。

怠けもののくせにがんこな私をつねに暖かく見守ってくださいます近藤芳美先生にあらためて心より御礼申しあげます。

このたびは栞の文章を尾崎左永子氏と三枝浩樹氏に頂戴いたしました。お忙しい中を本当にありがとうございました。

第一歌集と同じくこの歌集も、友人の佐伯裕子さんをはじめ「未来」の仲間に背中を押されて出来たものです。感謝いたします。

『キンポウゲ通信』に続いてお世話をおかけいたしました雁書館の冨士田元彦氏、小紋潤氏に厚く御礼申しあげます。

一九九二年二月

第三歌集『明日は靄と』（抄）

I

遠い闇

さやさやと猫の鈴音過《よ》ぎりゆくまだあけぼのに刻ある窓辺

「金色の眼の女」なりしマリー・ラフォレいまグラビアに微笑まずいる

夕闇のなかにみひらく梔子《くちなし》の乳白色も明日までのこと

いくたびも躊躇せるのち弾みつつ猫は雨降る夜に出でゆく

雫する青葉の下に佇みいし喪のネクタイの二人消えたり

水底より引き上げらるるごとく覚む青み渡れる雪のあしたに

網膜剥離の手術より三年過ぐ

目のなかに見え隠れする遠い闇いつか私を呑みこむだろう

メガネ売る八方明るき店のなか視力失せたる鳥のごと立つ

わが視野の沼に棲息する黒き虫いきいきと泳ぐ昼あり

家うちの凹みをすべて知りつくし猫の眠りの豊かなりける

シリウスは赤き星ぞと記したるバビロンの秋より二十八世紀

「様式とリズムが大事」ぬばたまの十五世紀のモードの記述

塊りを解きて駆けゆくラガーたち冬の散開星団に似る

歳　月

声あげぬ虫もあるべし雨過ぎし草の闇より夜がひろがる

呼吸器の先端の管しっかりと父ののみどへ差し込まれたり

腐りゆく貝に似る息浅く吐き昏睡の父に四日目の朝

病棟の外は晩夏の夜の風吹かれて暗き病室に入る

夜明けまであかりを消さぬマンションの窓見つつ病室の中を歩めり

花一枝置かざりしかの七日間父の最後の闘いが過ぐ

おびただしき雀飛びたつあさぼらけその群れの死はいずこへ落ちん

歳月を何の力にせよと言うやかの人の言葉忘れさるべし

健やかな「赤毛のアン」を疎みたる著者モンゴメリ親しかりけり

「人はみな草のごとく」父の辺に焼け崩れゆく聖書一冊

ひとところ暗紅色に曇りたる骨あり寡黙なる父の終りよ

若者らわれの前後に佇ちたれば母なることのときに眩しも

荒むということば恋しくいつまでも夜の椅子に居り膝かかえつつ

鳩おらぬ公園を過ぐ手配師といえる職業面白からん

ネルという布地は祖母を思わしむあたたかくやや手強そうにて

石炭の積出港の街なりき坂下に祖母と猫が棲みいき

冷えたる腕

寺の角曲りて寺の角に出るおびただしき死ののちの寺なり

大和辺の靄《たかまど》に紛れて戻らざるひともありけん雨の高円

雪降れば一山の竹鋼鉄の匂いを放ち騒ぎ始むる

水鳥の鴨の羽いろのブラウスにあした冷えたる腕《かいな》を通す

声低く風説のごと告げられしベゴニアの名はミセス・ハシモト

紅茶冷えて立ちあがるときやわらかくひとつ地上に柿の花落つ

流れゆく

夜をこめて降りたる二月の雨なれば流れよ川の芥も鬱も

剝げ落ちし小さき水門開かれて過失のごとく水奔りおり

流れゆく水音ふいに体内のわが血の音と重ならんとす

今しばし音たてて燃えろ廃材の青き煙は川下りゆく

川中の石に当たりて思い切り向きを変えゆく流れをごらん

川近き理髪店裏鉢植のキンカンの実がつぶつぶ光る

川風を従えわれは歩み出す「きぬのべばし」
といえるここより

みどりのままに

得しものと失いしものいねぎわの混濁のな
か並び替えたり

折り合いをつけたるはずの昨日の心を今日
のわれが裏切る

夢に穂を花火のように曳きているサラシナ
ショウマ鳥足草《とりのあしぐさ》

ひと日にてひらき崩るる黄のバラの速度に
誰もついてはゆけず

いつまでも腐らぬ胡瓜ひんやりとみどりの
ままに軽くなりゆく

かなしみに鈍き怒りがともなえば失いしわ
れの食欲戻る

小刻みに蟬震い啼く七月のおわりは地球の
畢《おわ》る気配す

威嚇する天つ日の下さみどりの帽子の鍔に匿われ行く

胆嚢を切除せし夫うらうらと古代の壺のように眠れり

II

むかし啄木鳥

一九八九年の一月の午後、成田空港に着いたとき、私はまるで転送されてきた荷物のような気分だった。十数時間前、インドにいた私は確かに私だったが、ここにいるふわふわ菓子のようなぼやけた私はいったい何者なのか……。

三年半という時が過ぎても、あの転送感覚は体の中心点に残存し、ときどき私のバランスを危うくさせる。あらゆるものが露わで過剰に思えるインドを通過したのち、一番稀薄になったのは私を含めた人間の存在だった。

手触りのある大切なものがどんどん消えてゆく

今、溢れるような青葉の輝きや、黄色い薔薇の匂い、庭土に転がったはかない柿の花、明けがたに見る夢の方が、テレビの中で棒のように突っ立つ若いボクサーよりずっと存在感がある。ある朝、目覚めたら、一匹の虫や獣になっていた、なんて話も、もしかしたら本当のことなのかもしれない。

いま声をあげてしまえば麦畑われは一匹の狐に戻る

夜の持つ闇の分厚さただ一度ボンベイの路上に触れて来たりし

北方へ路をとるならむらさきの蓮の花売るシュリーナガルへ

転生のねがいを封じ込めしまま月光のなかに柿の花落つ

まなぶたを曙いろに腫らしたる若きチャンピオンむかし啄木鳥

おやゆびに力集めて立ちたまえまだ人間のままでいられる

インド　1994・1

ケーララ州トリヴァンドラムへ行かんかな一日地図を見て蹲る

レンタルのスーツケースに赤き髪何処の国へ行きたるひとか

影うつす雲ゆすりあげ砕きつつ河は私のまどろみに入る

荷車にみどりのバナナ積みあげて押しなずみいる少年ひとり

チャイの店はつねに男が屯せり牛や片脚の犬も混じりて

裸足にはなれぬわたしを追い越して楽しそうなりバラナシの子は

バラナシの闇を分けゆく冬雷の下を走れり呼ばれしごとく

さみどりの粒うるわしき干し葡萄ソム・ダット家の大皿の上

デリー大学政治学科に学びたるソム・ダット氏のガンジー嫌い

プリーという東インドにある海辺の町は、私にとってベンガル湾に面しているということだけが大事であった。ともかく、ベンガル湾という海を眺めてみたかった。

十人という小さなツアーのインド旅行も十二日目、そろそろ終りに近づいたある日、ベンガル湾は私の目の前にあった。海はひんやりと気持ちよく、一直線にどこまでも続く浜辺の砂は、きめ細かで何とも足触りがいい。表面だけ褐色で、下の方が黒いという不思議な色合の砂浜だった。

プリーは、シュリー・クシュトーラという、女性の名のような旧名をもつ、ヒンドゥー教四大聖地の一つである。今はリゾート地としても有名らしいが、本来は、クリシュナ（ヒンドゥー教の二大神の一人ヴィシュヌの化身）の分身といわれるジャンガナート神（化身の分身といわれてもピンとこない。ちなみに仏陀もヴィシュヌの化身の一人である）を祭る寺院の門前町である。

プリーでは、トシャリ・サンズというホテルの中のロッジに泊った。外は何の物音もしないぬばたまの闇である。夜中、あまりの星の美しさに誘われて、おそるおそるテラスの椅子に座っていたら、隣のロッジの女性に声をかけられた。どこの国の人だったのだろう。空の星を指さして、美しいということだけお互いに通じたのだが。

浅い眠りについたのは、もう明け方に近い頃だった。頭上でのんびり回っている扇風機を眺めながら、インドという国のことを考えていた。

どんな国か、と問われても、決してきちんと表現できないだろう。自分が見て、感じたことすらうまく伝えることができないだろうと思う。何か言えば言うほど、本質から遠くなってしまう。だからまたかならず、インドへ来るだろう。分かっているのはそのことだけだ。私が人にきちんと言えるのは、その一つだけだ。

人間であること今は忘れよとベンガルの波
白く泡立つ

鰯より小さきを網より剝がしゆく収穫は神
の御心のまま

紫の玉葱、ヴィシュヌ、青バナナ　街角は
神と食欲の渦

ラクダ引く車つづきて一台は白ゆたかなる
大根を積む

新聞紙に包むピーナツ香ばしくバザールは
夜の喧噪に入る

真夜中に虹を見る者危うしとインドの古き
文に残れり

火を噴くと思うまで素足床を打ち汗みずく
なり撓う少女は

ああ白き藻の花の咲く水に逢《あ》ふかわける国を長く来に
けり　土屋文明

白き藻の花咲く沼がインドにもあるを知り
たりオリッサ州にて

象の背の台より足を垂らしつつ登る彼方の
インド真白し

南インド、スリランカ　1996・1

人ひとり入る袋に黒胡椒ぎっちり詰められ
出航を待つ

異邦人われらは風のコモリンの海へ入るべ
く群れに混じれり

ぬばたまのコモリン岬砂踏みて黒衣のザビ
エル歩みたりしか

コロンボは小雨　夜更けの空港はあなかす
かなる火の匂いせり

肉厚のスリランカコイン金色に香りて一枚
てのひらの上

ケーララ州アレッピイには新しきワインの
ような陽が注ぎおり

運河より運河に入り藻を分けて船ゆく家鴨
二羽を従え

花の絵のバングルをして闇熱き街へカタカ
リダンス観に行く

黒胡椒の袋をひらき「サァ見ろよ、この粒々
は世界一だぜ」

蝙蝠のあまた下がれる一本の樹が白昼のスリランカにはある

モロッコ　1997・1

北の果てマグレブ三国寄り合いて輝くブルーの空分かち合う

「死者たちの広場《ジャマア・エル・フナ》」に夜ごと人は群れタロットの占いの図を楽しむ

アザーンは夢の中より湧き出でて夜明けのフェズの街角に消ゆ

驢馬が来て驢馬が通るにひもすがらフェズの迷路は陽の匂いせず

紅深きティーにミントの葉を浮かべこの飲物はざわざわ熱し

雛豆のスープハリラをもう一杯檸檬を絞り考えつつ飲む

ベルベル人はこの地に紀元前より住む

縄跳びをするベルベルの少女たちアルガンツリーの緑の下で

虹の脚シャウィア平野に透明な青みを帯びて突き刺さりたり

ウズベキスタン　1997・8

ウズベクの古都は午睡の時間にて天つひかりのもとに静まる

「僧院」の名をもつ街に眠りたりきれぎれの夢に響くアザーン

古井戸に清き水あり蒼穹をひきつれキャラバン泊りしところ

綿の花白くかがやくオアシスも行き過ぎてのち幻となる

光塔と訳す反り身のミナレットに寄りゆくわれは遊牧の民

ひとりずつ袋に詰めて落とす刑この高き塔の役目のひとつ

老人の手もとの白き布袋うるわしき声は雲雀がひそむ

旋回しかろく天飛《あま》ぶウズベクの少女の踊り
薔薇となるまで

インド　1998・1

夢のなかで、どうやら火葬場へ運ばれてゆくらしかった。まだ意識のしっかりしている私は、〝早く死なないとコトだな、せめて眠くなればいいんだけど……〟とのんびり思いつつ、担ぎ手が四人いるタンカの上で、布に包まれて揺れていた。涼しい風が吹いていていた。

昨日、二十五年ぶりの寒波というインドから帰って来た。バラナシのマニカルニカ・ガートで、人を焼く火を眺めたのは一週間前だ。それは、「一寸先は霧」と言いたい朝だった。

濃い霧のなかに冷えゆく人間の躰の芯に咲
く白い花

カキノキ科黒檀の薪あまた積む一艘の舟
ガートに着きぬ

ガートより続く小路にゆらゆらと背の尖り
たる牛がはみ出す

白檀や黒檀の火がニンゲンの最後を飾りあたためており

白布にて巻かれし遺体順番を待ちつつほそく口笛を吹く

転生を信ぜよ　マリーゴールドの湿った花が火の中に散る

「カル」という言葉呪文のごとく聞く明日は昨日キノウハアシタ

どこまでも従《つ》き来る少女手をのばすもしや前の世われの生みし子

菜の花の輝く道の村はずれ娼婦と呼ばるる天使立ちおり

天使たちひとりふたりさんにん来三人目はも幼なかりけり

Ⅲ

飢えに似て

急ぐとは死へ向かうことインドより帰り来
し街若者ばかり

新宿の歌舞伎町抜けてゆくときにバラナシ
の芥を思うことある

金色の象を飼わんと言いつのる男を夢にな
だめていたり

微かなる飢えに似てつねそそのかすインド
亜大陸より抜ける風

北風は欅のうれにとどまりてひねもすブラ
ックホールを夢む

渦を巻きたぎつ銀河に纜《ともづな》を解きてしずかに
いま影が行く

小面のかすか傾く一室に「過ぎゆくものは、
比喩にすぎない」

ねがいごとやめてしまえばいねぎわの祈り
はかくも単純になる

匂いよきミルトスの木よミルトスは荒野にありて蔭をつくれり

たましいの言葉であれば夢は夜々われをよこぎる河にてあらん

死者生者

覚めぎわの眠りの中を透明な藻が次々に流れてゆけり

死者生者日々遠くなると記されし本を探すも消え失せたりし

胸板の厚くなりたる子に向かい言葉は絮毛《わたげ》の重さを持たず

青年となりたる二人この母はややおかしいとめくばせをせり

交差せし銀色の刃がくりかえし重なりて閉じ紙を切りゆく

鱗芽《りんが》裸芽《らが》維管束痕《いかんそくこん》芽鱗痕《がりんこん》　陽のさす窓辺に図鑑をひらく

百　年

どうしても動かぬものを動かせと強いて来るなり若葉のいろは

食パンの包みに黄金《きん》に描かれし小麦畑はいつも快晴

シンプルなゼムクリップを押し広げほかに秘密はなきかとさがす

覚束なき心におれば鳩は啼く「昨日は此処《ここ》に、今日は彼処《かしこ》に」

実のならぬ木に集い来てどのような言葉も規制されぬ雀ら

歩道橋のぼりて見れば青葉なす桜は花の記憶をもたず

百年の時は流れてくちびるに森永ミルクキャラメル甘し

春日井のグリーン豆を一袋抱えて深夜齧りていたり

水をかえ水かえて磨ぐ日本の米の重たさ「われ」の重たさ

幻を見に

望の月梢にのぼりこの夏の最後の蟬が口笛を吹く

この空の端まで硝子にかわる日も遠くないぞと鴉は唄う

ざくざくとたまる芥を選り分ける月曜日こそ不安の始め

三つ目も信号は赤歩いても歩いても赤　十一月は

中程で振り返るとき橋のうえ人いっせいに消えてしまえり

わたくしは消失点までどのように走るのか古いマフラーをして

ものごとのなんのことはない裏側、を見たり見なかったりして師走

古書市を夕べ歩めりとどまらず急がずひとり幻を見に

異教徒をはじくごとくに冬雲を次々散らす凧を見ており

少しずつ発火点へとかわきゆく島なり黄なる砂降りやまず

売られたる林は風の集会所ほつほつ白き梅咲き始む

もう戻らぬ

みじかよの夢のきりぎしベンガルの緑の波が渦巻きて寄る

たれか今わが胸を押し訴えつ雨見つつ呼吸苦しくなれり

揺れている三角形は山鳩の影です父の帽子のようです

通過してゆくものの影みな淡く日傘のわれも溶けはじめたり

キチキチと虫の声する夏草が刈られて径に投げ出されいる

引き返して来るはずのなきランナーを待ちつつ木蔭は迅《はや》く暮れたり

真っ先に夜に貼りつく金星を天はうとみて
いるかもしれぬ

無敵のヒロイン

甦る死者のごとくにけだるくてセーターを
着る雨聴きながら

牛乳を紅茶茶碗にそそぎゆくリズムと距離
がつね不安定

リズムなら天気にもある一日中ちぐはぐな
われとイエローの傘

酒と酢を違えて入れし鍋の中何が起こって
いるかは知らず

ヒロインにあらぬ私は小染月《こそめづき》倦怠という蔓
に巻かれぬ

あらがねのヒロインならばミス・マープル
地上は暗き蔓草模様

ケイ、ヴィク、キンジー、アイリーン　e.t.c
あかねさすヒロインたちは無敵にて昼の光
に跳躍をせり

子の部屋を満たし階下へ溢れくるニューカントリーミュージック燦燦

あさぼらけサラリーマンの夫と子が上司と部下のごとき会話す

卓上を七星瓢虫《ななほしてんとう》急ぎゆくもうすぐ世界の果てへ着くべし

銀河二つ衝突したりくれないの光は夢の底まで届く

水の上を歩むイエスを夢に見てひとりの男宙《そら》へのぼりつ

絹延べしそらへ飛びたるイカロスに似る男なり　再びは見ず

清らかに言葉を使う若き友母となりたり海棠咲きて

鞄に詰めて

東より風の吹く日はしゃがみこむ心の端が瘤になるゆえ

逃げ足の速い西風吹く夜は洗ったばかりの髪が逆立つ

連れて行くわけにはゆかぬ感情を鞄につめてときどき揺する

風袋を軽くすることそれならば凩の日は何を捨てよう

泡に似るレンズ装着　繰り返し見る朝の夢塞き止めんため

思うとき夜のガンジスまならうらにしろかねの尾を引きて流るる

インドには何があるかと問う人に答えず行きかう雲を見ており

鳩が来て赤いセージの花つつくいそぐ用などなにひとつなし

「ドムドム」の内部は女子高生ひとり鼻の頭を点検しおり

急ぎゆく若者の脚に触れしゆえ白ヒヤシンスの一角毀《こぼ》つ

首ほそき雌をともなう山鳩に似てしずかなり婚約を告ぐ

ゆうぐれが迫っていると声がしてわたしの
声のようだと気づく

明日は靄と

まだわかき銀杏一本天へ引く風の力にあら
がいており

空白の多き手帳は父のもの六年を経て声聞
くごとし

マンゴスチンガムの甘さは噛むごとに痛み
を胸に広げゆくなり

薔薇の実のハーブティー飲みくれないの心
を隠し持つとも知らず

インドなどへ行かずともよしと声すなりは
ねかえす力私にあるか

夕ぐれに来る白き猫少しずつ汚れて明日《あした》は
靄となるべし

あとがきに代えて、インドの話。

「ネエ、花火が上ってるわよ」

と、隣りの部屋の女性が声をかけてくれた。

　少し離れた丘に建つジャイサルメール城の上の闇に、紅《あか》い光が花のようにひらく。音は全く聞こえない。また一つ白い花。紅と白が左右に分かれてひらく。白と青の花火が追いかけて散る。日本の華やかな大輪の打ち上げ花火とは異なり、単色の可憐な花々がひらくのを、ほとんど息をつめて、ツアー仲間の彼女と眺めていた。

　今年もまたインドへ出かけた。一月の北西インドはやはり肌寒く、なたね油を取るための菜の花が真盛りだった。

　パキスタンとの国境に広がるタール砂漠。そのまっただ中に、ジャイサルメールがある。かつてシルクロードのオアシスの地であり、その後もインドと中央アジアを結ぶ交易の地として栄えた城塞都市だ。今は砂漠に浮かぶ蜃気楼のように、中世の面影を残す黄色の砂岩《さがん》の家々が眠っている。

　私が参加した「砂漠のキャラバンルートを走破するバスの旅」は、十一日間で千七百キロを走る。デリーを起点に、ラジャスタン州の砂漠の街を巡る旅のハイライトが、ジャイサルメールでの三連泊だ。

　太陰暦に合わせて冬の三日間、一年に一度の「ラクダ祭り」がひらかれると、世界中から人が集まり、この砂漠の街はひととき、遠い夢から覚める。色彩と音の溢れる街から戻って来て眺めた花火のいろは切なかった。

　インドが二十四年ぶり、二度の地下核実験を行ったのは、昨年五月十一日と十三日のことだ。実験場所は、北西ラジャスタン州のポカラン。私たちが、行きと帰りに、昼食をとった町だ。そこは確かに砂漠の中ではあるが、交通の要所であり、民家があり、人に飼われているラクダが首を伸ばして、高い枝の葉っぱを食べていた。

旅をすると、見える美しいもの。見えない美しいもの。見える恐ろしいもの。見えない恐ろしいもの。さまざまなものに出会う。インドはその振幅がとてつもなく大きい。受け取ったものをどうしたらよいのか見当もつかない。だからもう一度出かけたくなる。そして、新たな美しいものと恐ろしいものを受け取って戻る。言葉にする力を持たない私は、いつまでもインドを胸に抱えたままだ。

「昨日」と「明日」を、一つの言葉「カル」で表わすという不思議な国なのだから、一生かかっても何も分からないのかもしれない。

一九九九年五月五日　こどもの日に

第四歌集『逆光』（抄）

Ⅰ

青　天

三月はいつ目覚めても風が吹き原罪という言葉浮かび来

組み合す指替えてみよそれだけで祈りの形に決してならざり

たしかなる何もなければさみどりの椿の丸きつぼみ食《は》みたし

四角と丸いずれを好む　夢のなか灰色猫に迫られており

淀川は大阪湾に注ぐ

氾濫を止められし川いくすじも橋桁に赭《あか》き傷を残せり

渡辺橋わたりて桜橋をすぎ梅田陸橋かぜに吹かれて

ほしいまま伸びゆく蔓の行き先をベッドの母は思案するらし

幾百のガラスに空は貼りつきて病棟の眠り
深き午後なり

カレンダーのしるし増えゆきつくづくと母
の病室水の匂いす

甘味失せしガムいつまでも嚙みながらさみ
しくふいに湧く怒りあり

どの枝を登りつめても青天へ落ちねばなら
ず寒し五月は

指眼鏡

乗りおくれてしまえば次の電車まで風に吹
かれて文庫本読む

まるぞんのはなしがかくも賑やかに語られ
る午後の阪急電車

大鉢を被せし土に何ものとも分からぬ草が
続々芽吹く

戒名のなき一族の裔にして古《ふ》りたる聖書ひ
とりずつ持つ

子ら去りし家屋は雨の音あふれきれぎれに
夫の湯を使う音

どこまでも子であるわれはキクキクと遠き
昔の母を恋する

生涯に七億回ほど息をつくニンゲンらしく
あってもなくても

どこをどう押しても午前零時には鳴る卓上
の硝子の時計

指眼鏡して見上げれば極上のあおき宇宙が
額《ぬか》に滴る

かそかなる雨は茗荷の葉が受けて土の上に
は届くことなし

ギヤマンの詰め物となり渡来せしシロツメ
グサに夏の雨降る

微雨過ぎて街は鎮まるいちはやく濡れたる
長き陸橋もまた

天門のひらかれてゆく気配せり赤とんぼみ
な西方へ飛ぶ

母のトランプ

降りつづく雨の朝には丁寧に歯を磨くこと
すべてそれから

撫子の種子が届きぬ暑き日に郵便受けがこ
とりと鳴りて

天界へ戻らぬ神の乳房よりなおしろじろと
ゆうがおのはな

夏草の径のはたてにしんかんとわれを待ち
おり積乱雲は

大いなる洞《うろ》を持ちつつ生きのびて泰山木は
風を集める

ゆうぐれの母の抽斗つややかな裁ち鋏五丁
並びていたり

素っ気なきむすめ持ちたる不幸せ母のトラ
ンプなかなか合わぬ

異なる空

この席にあらずと声が指示を出し夢の中なるわれは移動す

さめぎわのときの浅瀬を渡りくる黒馬《くろま》の騎手もすでに老いたり

猫にありわれになきもの艶めきて発光しゆくひなたの猫は

硝子截るガラス屋の内おごそかに力のごとき光満つるも

バラもまた想いを遂ぐることあらん一片がまず軽くなりゆく

あたたかき地球の端に腰かけて異なる空を母と仰ぎつ

消え失せし番《つがい》の鴨を探しおり西の貯水池に風の吹く日は

すこしずつ数変わりゆく鴨の群れ宇宙時間の縁を漾《ただよ》う

雄鳥の青灰色の雨覆いあしたのみずを散らして飛びぬ

ちぎれ雲茜色せり母が待つ髭の牧師は単車に乗りて

繋がらぬ母への電話あおぞらを飲み干すように深呼吸せり

冬の雨降り止みし空を子と仰ぐあるかなきかの信州の虹

象が目をしばたたくとき遥かなる宙よりとどく光のかけら

仄暗き『月とスカーフ』*過ぐる日に〈集団の虚〉を衝きし人はや

＊河野愛子歌集

七月は白さるすべりふくらみてサンダルの紐結ぶ足首

結び目をほどくことなどないのだろう少女たちみな長き爪もつ

釦《ボタン》などを丸き小箱に蒐めたりき使わぬものは涼しき音す

月光

烏羽玉《うばたま》のイラン航空スチュワーデス黒きチャドルの裾翻す

右ハタミ左ハメネイ一対の写真にぞつね見下ろされいる

〝慈悲深く慈愛あまねき〟アッラーの御名のもとにてわれら移動す

マスジェドの尖塔の先いけにえの真白き雲が一つ刺されて

革命は二十一年前のことガイドのアミール兵役嫌い

ザーヤンデは命を捧げる河なれど月光をすくいに来る男たち

絨毯屋に絨毯屋居らずハタミ師の写真の黒き眸がこちら向く

ずり落ちるチャドル引きあげシーア派の女性の群れのうしろへつきぬ

黄金の部屋に続きて露ひかる鏡の部屋をまひる過ぎけり

空色の釉薬タイル水よりも晶《すず》しく人を憩わしめたり

ホテル出て少し歩こう額《ぬか》深くスカーフ被りアスル広場へ

II

じんじんかんかん

胃のなかに夕べの真水残りいてあけぼののわれを凍らしめたり

飴色のこうなご食《は》めば母に似るわれの輪郭かすかにゆがむ

お手玉の白い兎は美恵ちゃんの贈り物なり手から手へ跳ぶ

母に似て母に似ぬわれ母親の保護者の欄に名前を記す

胸元にガラスの破片が降り来ると訴ういまだ引明けのころ

はるがすみ炭酸せんべい一枚をふつりふつりといつまでも噛む

かあさんとちいさく呼ばれて目覚めたりようよう白くなりゆく窓辺

山鳩の来ぬ日続きて雨水《うすい》過ぐじんじんかんかん叩くもの欲し

小さめのメガネフレーム薦めらる黒セーターのやさしい声に

沙漠より戻りしごとく息を吐く目覚めは常にすこし汚れて

べっとりと纏わる靄を消去するchipが母の手の内にない

行こうよと呟く母に繰り返す　さくらのはながさいたらゆこう

みっしりと紅い冬の実若き日は何も気づかぬままに過ぎたり

断続音

一本の白梅に宿る神もまたつつましき欠伸したまうあおぞら

ゆうぐれの母に伝える物語かあさんぎつねがまんなかにいる

黄砂降るアジアのはたて大阪にゆうぐれどきのこのたよりなさ

窓ぎわに首を傾けつぶやきぬ「解けない謎のようなまいにち」

いま母は森羅万象すべからく敵とみなして目を開かざる

さしあたりわたしは何をするべきと繰り返しつつまどろみゆけり

強いられし戦いなれば防ぐべく点滴の腕をひたすら伸ばす

しばらくはなにも言わねど夕ぐれのベッドより鋭《と》き断続音せり

帰り道変えて歩めり炎天に発火しそうな母のたましい

火を守るごとく己れの精神をまもるすべみな母より受けつ

いちめんのエノコログサが体内に揺れはじめ不覚、眠りに落ちる

手力

迫りくる山の力を計りかねてひたすらに問う母とあらそう

異界より吹く風を受け左へともろくましろく折れ曲がりたり

正体の分からぬ膜が張るという頭にそっと夏の帽子を

みずからの存在の有無確かめる声をいくたび放っただろう

かたわらに座りいっとき手を握るひいやり乾くカナカナの羽根

魂はつねに希求すアカサタナ「此処ではないヨ何処かへゆこう」

夏過ぎて母の声さらに聞き取れず聞き取りしときは永遠の始まり

尊厳死するもさせるも荒縄にてたましい括る手力《たぢから》がいる

単独行

体力はすでに尽きたり気力のみ陽炎のごと纏いて眠る

浅葱より藍へうつろう天空を漕ぎわたるべし単独行にて

亡き父に何言うとなく挨拶す帽子掛けに残るgrayの帽子

銀いろの髪を好まぬまま逝けり河はきらきらほどけたる髪

おおつぶの翡翠そら豆ゆであがり妹とふたり黙って食べる

背の丸き賢人のごと現れて竈馬《かまどうま》しずかに夜半の灯の下

生真面目な牧師が指を胸の辺に組ませて母の死は完結す

純白の柩のうえに花束が雨を受けおり死者に代わりて

大正のおんなでありしわが母の帽子と矜持けむりとなりぬ

旅行者にすぎずとある日言いし声その母の子のわれも旅びと

絵のなかの羊はすでに神のもの幾匹か貌を天へ向けいる

ぬぬぬぬと引っ張り出せば思い出にまだなりきらぬ白い横顔

小雪という名を持つひとは地下鉄の壁を占めたる広告のなか

はなびら

眠ったまま亡くなったからよかったなど軽薄なるわが唇《くち》は言う

水に降るはなびら一夜無音にて忘れゆくべし死者のことばも

真夜中に風の吹きしがなによりも大事のごとく夫に訴う

かぎろいの春ゆうまぐれメールには薄葉細《うすばさい》辛《しん》のほの暗き花

投げ入れしエノコロ草は八方にほどよき重みそのうすみどり

新しいフライパンには南東にのぼる火星のような卵を

はは亡くてただ眠くなる一年は砂上流るるあぶらのごとし

劉さんに習いし気功の手のかたち抱擁に似るを鏡は映す

棘強《こわ》きカラスザンショウ風の日は木であることを忘れて動く

したたかに脚を打ちたりつね開《あ》いている戸にあらず夢の中でも

れんこんを白く晒して時は過ぐおおつもごりの夜を点して

III

ほんの束の間

終わりなき旅にていまも天界の父のもとへは着かざる母よ

胃を切りてのちは多弁になりし父亡くなる前のおよそ十年

むすめらの声の高さに辟易し死にたる今も顔しかめいる

早春の靴はかがやく星型を爪先に付け人界を行く

梅のはな散る水辺に浮きあがる両生類のふたつの頭

むこうみずな八手の花に青光る蠅いくつぶもひそむまひるま

あたたかな雨が路面を流れゆきすこし遅れて夕暮れは来る

第三書開きておもう波に似て「すべてのかたちはほんの束の間」

砂漠の花　西インド

この路の五十キロ先パキスタン個人情報をそれぞれ記す

豆、オクラ、菠薐草のカレー旨しベジタリアンになりて二日目

わざわいの多き口には火の神のシールを貼りて浄化するべし

ハリジャンの少女がくれし布人形耳たぶほどのふくらみをもつ

デリーまで続く線路を守りつつ老人になりてしまいし少年

むらさきの沙漠の花を避けおればゆまりする蔭どこにもあらず

聖なる河にて

赤ら引く　日の昇る前　バラナシの　街を
急げば　烏羽玉《うばたま》の　夢より醒めし　野良犬

ら　路地の奥にて　牙をむき　何か争い
野良牛も　よだれ引きつつ　尖りたる　尻
を振りつつ　街角は　はや昨夜《きぞ》の夜の　底
無しの　闇を脱して　そこここに　魑魅魍
魎の　抜け殻が　影引きおれど　誰れも皆
　老いも若きも　異邦人　聖者乞食も　一
月の　朝霧の中　確かなる　うねりとなり
て　口々に　何かつぶやき　群鳥の　出《いで》立
つごとく　足引きの　カイラス山ゆ　流れ
来し　聖なる大河　ガンジスの　岸辺に向
かい　八十《やそ》余り　ならぶ沐浴場《ガート》に　マント
ラを　ひたすら唱え　合掌し　膝から腰へ
　川中へ　入りゆく人や　歯を磨き　髪洗
う人　さまざまな　聖と俗とを　緩やかに
　みな呑み込みて　半円を　描きながらに
　流れゆく　褐色の河　隣り合う　岸には
死者を　焼く煙　白く棚引き　うずたかく
　黒檀の薪　積み上げて　また次の死者
ガンジスの　水にて浄め　安置され　灰と
なりゆく　一日は　かくて始まり　金色の
　朝の光が　生にある　死を照らし出し
死の裏の　生をわれらに　塵芥　みな扱《こ》き
混ぜて　伝え来る　曼陀羅世界　天竺の
バラナシこそは　見れども飽かぬ

なかなかに去らぬ物乞いも懐かしきインド
亜大陸熱もつ大地

逆光

散るまでに月は満ちゆき地に生きるもの幾《いく》許《ばく》かいのち奪わる

逆光のしだれざくらは柔らかき雪崩となりて人を隠せり

小刀というもの失せし抽斗に乾《から》びておりぬ何かのかけら

わが母の骨の熱さがよみがえる塩ふるごとくはなのちる午後

身を捩るほどに笑えよ真夜中の電話に人は軽く言い出す

はなのとき過ぎて尋ねる光岡さん全生園のどこにもおらず

赤きシャツ似合うと言えばくしゃくしゃの笑顔となりし光岡良二

柿のはなあおきを四、五個載せたまま夫の車が出かけてゆきぬ

夏帽子母の被りし夏帽子満月の夜はわたしがかぶる

起きがけにふと回すくび間の抜けし金属音をかすかにたてて

台風はひるすぎこころ変わりして濃密な雨を海面《うなも》にそそぐ

いずれから海へ抜けるか夜を迷う風の行方は想いのごとし

どくだみの白こぼれればな消えうせぬフェーン現象の夜を境に

昧爽《まいそう》のトイレットにて聞いているこの世のおわりのごとき雷

しずかな呼吸

千年の榧の木かやのき晩夏には濃緑色《こみどりいろ》の実がふたつ落つ

あさかげにナガコガネグモ仁王立ち雨の滴をかんむりとして

夜の風に揉まれし林あさもやにキンミズヒキのしずかな呼吸

さてとうでまくりして空見上げたり積乱雲に取り囲まれる

驟雨くる狭山丘陵存在をかけてつくつく法師鳴きつぐ

明けやすき貯水池のそら透明を重ねて星はまだ消えゆかぬ

牛膝《イノコズチ》にヒカゲとヒナタのありしこと　ひなたは強い妹のよう

あかねさす惑星境界領域の風の下なるわたし、虫たち

このへんで失礼、ふいに鳴くことを止めてしまえばいないも同じ

「自然」にあうとからだのどこかむずがゆいあめあがりの木の橋

もぞもぞ

まっすぐに降る雨の夜じわじわと油蟬鳴く一歩も退かず

炎天の電線に来て鳴くカラス異端審問を始めるごとく

ひんぱんに南の風が圧《お》している汚れたリネンのような夕空

いつまでも胸に残留することばもとのかたちはすでに忘れて

開け放つ窓より窓へ風抜けて写真となりし母がくしゃみす

わが産みし子はいま何をしているか眠りの際にふたたび思う

くちびるに挟めば溶けてゆきそうな昼の半月死者がもぞもぞ

覗き込むお茶の水橋むぞうさにかぐろきものがふうわり飛んで

駅前の交番おさない顔立ちの警官が立ったり座ったり

ゆっくりと裾濡れてくる感触はふゆがはるへとおくるてがかり

霊力を尽くしたるごと咲き満ちし丘のミモザは母かもしれぬ

雨のなか布団を叩く音すなり春ふかく深く国は老いゆく

Ⅳ

閉じる言葉

花終えしジャーマンアイリス整列す水銀色《みずかねいろ》のろくがつなかば

六月の柿の木ひたすら実を落とす低温火傷のようなゆうぐれ

あくびなどしながらわれを呼ぶ猫の声音そのうち真剣になる

われよりもやさしい声を出す猫にゆうべ夫が何か返事す

真夜覚めて二度覚め三度目に舫《もや》うねむりというはとどかざる恋

相手には伝わる気配がみえぬ朝ことばを閉じる言葉をさがす

晩年に父が集めし新内のカセットテープ母は知らざる

だれからも忘れられたる存在のテーブルタップ片寄せにけり

夕暮れの眼　近藤芳美先生

朝寒やプロテスタントの葬礼の具体聞きたる声音のちから

腕組みてはるかなるかた眺めいる夕暮れの眼は透きとおりたり

思い出し思い返して声継ぐを黙してわれはソファに待ちぬ

関東中央病院

盛り上がるベッドの髪に微か触れもの言うわれは何者でもなし

出会いたる初めの日よりたてがみのような髪とつね思い来つ

雨に暗む渋谷駅前交差点レインコートを着るひとりなし

こころざし

落とし物した子のような顔をして夫が手術を待ちいる真昼

ガラス器に沈む組織を見せにきて青年医師の面《おも》弾みいる

風こめてふくらむ欅並木より鳥つぎつぎと天へ拡がる

真夜中の夫との会話三転しこころざしとう心について

手を振ってストレッチャーへ　ほつほつと宙ぶらりんのとき流れゆく

カーテンの向こうの人は術前の採血に低く疑義を告げおり

いくたびか手術を重ねこのたびも夫には夫の念いあるべし

蚕豆のかたちと聞けば二粒のさみどりおもううつむきながら

根岸の空の下　子規庵にて

鶏頭の紅いあたまは去年よりややこぶりなり硝子戸の外

垣根越し「アア、イイ風ネ」菓子パンを買いにお律さんは出かけた

「涼しさや羽はえさうな脇の下」子規

午睡から覚めたるひとの腋のした透きとおるはね一寸生え初む

視力よき五姓田《ごせだ》義松《よしまつ》は描きたり正岡子規の若きまなじり

うすずみの九月の空に十五夜の月より黄なるへちま花咲く

二十坪もう少しある小園に日が射し百年は昨日の隣り

カワラヒワ

うすあかい卵をひとつ茹でていつ夫の戻らぬ昼すぎのこと

黄の蝶は翳りに入らずくっきりと明るきひかりの草の上ゆく

蔓状の紐があたまの上を這う薬草園にみぞれ降りくる

体調のすぐれぬ子をば話題にし夫とわれはしばらく歩く

くらやみにたがいのことば垂れ下がり左右
ことなる耳持つわれら

カワラヒワの黄なる部分が横切りぬカワラ
ヒワだと目が思いおり

あとがき

コガネイガワ

「樺太の大泊に帰りたい」
母はいつも帰りたがっていた
「黄金井町一丁目十五番地」
「黄金井川が流れている」
コガネイガワ、コガネイガワという響きだけが
さらさらと
わたしの耳の底に砂金のように沈んでいった
母の物語を親身に聞いたことはなかった

オオドマリやコガネイガワより
わたしの関心はブバネーシュワルやヤムナー河
にあった

「カラフト」と母が十回言えば
「インド、インド」と十回呟いた
母の帰りたい樺太、サハリンのコルサコフは
母が三歳から十九歳まで過ごした場所だ
わたしの行きたいインドは
たった一回、仕事で出掛けた国だ
母が念願の「樺太行」を決行したのは
一九九一年九月、七十三歳の秋
「国破れては川もなし」
記憶のなかの丘の家の辺りには、箱形のアパート群が建ち
黄金井川は一面、湿地帯であった

淡いツリガネソウが咲く
ぬかるみを何度も踏んできたと言う
「川が、身体の中に滑り込んだ」
わたしたちの会話から、樺太とインドが消えた

一九九四年、二回目のインドへ行った
それから七回、インドへ行った
苔色のガンジスも銀色のヤムナー河も
わたしの身体とはつねに無縁だ

川を身体に入れたまま、八十五歳まで母は生きた

わたしの河はわたしとは無縁だ

二〇〇二年の秋に母三宅霧子を亡くしてから、今日までおそろしい迅さで月日が流れました。こころが落ち着いてきたのはほんの最近のことです。わたしにとって、母は短歌の大先輩でもありました。九年前、パーキンソン病がすすんだ母を看るために勤めをやめたのは、後輩として放っておけない気持ちに駆られたからかもしれません。歌人三宅霧子はなかなか素敵な人だったのです。

前掲の詩は、雑誌「北冬」(6号、2007年8月

発行）の「帰ってゆく場所、帰らない場所――。」という特集に発表したものですが、母の精神の在り処と、娘であるわたしとのかかわりあいがいくらか出ているように思います。反歌三首は割愛しました。

本集は一九九九年に刊行した『明日は靄と』に続く第四歌集です。この間は母の住む大阪へ埼玉から通った月日であり、母の死の後、師である近藤芳美を失った日々でもありました。母にとっての近藤先生は、「アララギ」の先輩であり、「外地《がいち》」と「大正デモクラシー」という共通項をもつ大切な人だったのです。わたしはこの大正生まれの歌人二人から、精神の自立と孤独について、そして何よりも生きることの気迫を教わってきたように思います。

長いあいだ見守ってくださいました亡き近藤芳美先生と母に、また歌を作ることで出会うことのできました多くの方々に、いつも傍らで励ましてくださる友人たちに、そして家族に、深い感謝をささげます。ありがとうございました。

装丁に大好きな画家泉谷淑夫氏の作品を使わせていただきました。デザイナーの大原信泉氏にたいへんお世話になりました。わたしの第三歌集『明日は靄と』、そして三宅霧子の遺歌集『風景の記憶』に続いて、このたびも北冬舎の柳下和久氏にお世話になりました。いずれもありがたく、三人の方々に改めてこころより御礼申しあげます。

二〇〇八年五月　柿若葉の美しい日に

歌論・エッセイ

子規庵・四季の愉しみ

八月十日（木）曇り、明日から子規庵は夏季休暇に入る。「空蝉がたくさんありますね」と、青いスカートの女性が庭から声をかけてくれた。

昼休みに見つけようと思いながら、そのままになってしまったが、昨年は、縁側の端の木賊にも油蟬の抜け殻が幾つもあった。夏になると庭の径にぼつぼつと穴が開き、ここから蟬はそれぞれ安全な場所をもとめて羽化してゆく。今年はミンミン蟬の声がとくに大きい。

今日は、「糸瓜を食べますか」と聞く沖縄の女性や、一年に一度だからと長く子規の机に向かう岩手の若い方など二十一人が来庵された。午後四時が過ぎた閉庵どき、庭に幾つか置いてある蚊取り線香を回収していると、大きなトンボが鶏頭の花々を越えて浮かんでいる。薄紫の蜆蝶はさっき開いた三時草の巡りから、糸瓜棚の下の水引草へと漂っていった。今から百十八年前の八月十日の文章に、

現在の景況をいへば、萩と芒と薔薇とが三国鼎立の有様で其外は種々の草が少しづゝある。併し今年は鶏頭の苗が無暗に生えて居るから、萩が散る頃は真赤な庭となるであらう。此頃咲いて居る花は薔薇の遅咲、朝顔の早咲、撫子、松葉牡丹、夏菊、射干、孔雀草、山吹の狂ひ咲位で、桔梗は秋の来ぬ内にはや実になつてしまひ、女郎花は枝のさきに稍黄色いのが見え初めて来た。

（「庭」ホトトギス　明治三十二年）

とある。病室兼書斎であった六畳からの眺めである。花の種類や咲き方は異なっているが、庭の雰囲気は時空をこえて殆ど同じだ。その頃まだ糸瓜棚は出来ていない。

ありふれたる此花、狭くるしき此庭が斯く迄人を感ぜしめんとは曾て思ひよらざりき。況して此より後病いよ〳〵つのりて足立たず門を出づる能はざるに至りし今小園は余が天地にして草化は余が唯一の詩料となりぬ。

（「小園の記」ホトトギス　明治三一年）

明治二十九年。日清戦争の従軍記者として戻って以来の腰痛が脊椎カリエスと判明した。ここから子規の人生は一層激痛との戦いになる。「小園は余が天地」は、四季の庭の有様であると共に、敷地五十五坪の庵全体が子規とその家族を包む何処にもない空間であったようにおもえる。

虚子のはからいにより病室の南側にガラス戸が入ったのは、明治三十二年十二月上旬であった。外の寒気をさえぎり、日光が暖かいだけでなく、半身を起こせば見える透明なガラスと、格子に区切られた庭の景は、戸を開けて見る実際とはまた異なる美しさであった。

これは、子規庵に来られて六畳に坐った方のみ知ることが出来る。庭へ出る前に、子規の目になってぜひ体験していただきたい。糸瓜棚は横になって見上げると、「仰臥漫録」に子規が画いた光景がタイムスリップしたかのように現出するので驚かれる方が多い。

先に夏の花を記したが、六月頃からは定家葛、未央柳、野茨、藤、ヒメヒオウギスイセン、芙蓉、姫石榴、コヤブラン、夏水仙、凌霄花と咲く。「子規の朝顔」と名付けた朝顔は、江戸から明治にかけて人気となった変化朝顔で、七月から根岸の里青年団の企画として毎年扱っている。

秋。キンミズヒキ、秋海棠、オミナエシ、芒、萩、ムラサキシキブは花から実となる。フジバカマが咲くとアサギマダラが訪れ、糸瓜や鶏頭もまだまだがんばっている。

冬の何もない庭に日が差すと、南なので縁側も暖かく、一番良い季節なのではないかとのんびり過ごしたくなる魅力が子規庵にはあり、雪が降る日もまたいい。
　春近く、目白や鵯がやって来る。蝶も飛び始める。蕗の薹が冷たい地面から顔を出し、黄水仙、梅、雪柳、木瓜、スノーフレーク、菫、山吹が木々の芽と競い合う。今年は長塚節の故郷、鬼怒川の土手の菜の花を移植した。オダマキ、カタバミ、射干、小手毬、紫蘭、わたしの好きなオニタビラコやキツネノボタンの野草など。春は深まる。

　さらば此草だらけの庭に、木といふ者は松と椎の外、何も無いかといふに、小い苗はいくらもある。（中略）二葉から、枝が出て、花が咲いて、実のなる迄を待つて居ると、自らのどかな気になつて、いつ迄も生きて居られるやうに思ふ。

（「庭」ホトトギス　明治三十二年）

　草だらけの庭は、今も変わらない。されば、子規はここにいつ迄も生きているのかもしれない。

（「俳壇」二〇一七年十月）

路地を抜けて「明治」へ

　はじめて訪れる人は途中の路地に迷うことが多い。正岡子規が最後の約八年半を過ごした子規庵は、JR鶯谷駅北口から歩いて五分、駅周辺の路地に並ぶラブホテルのはずれにひっそりとある。ブロック塀に囲まれた平屋の庵は、うっかりすると見過ごしてしまうので、向かいの書道博物館を目指して歩くのが一番分りやすい。子規の友人中村不折（洋画家・書家）が大正四年にこの地に居を構え、昭和十一年に書道博物館を開いた。
　母や妹とともに暮らしていた当時の子規庵周辺を、佐藤紅緑と子規の文章から覗いてみる。
　根岸の鶯横町と言へば崎嶇羊腸、まるで八幡の藪の様な処だ、知らない人は半日費やしても見付

けかねる処であった、

我住居の周囲には椎、槻、棒、椋などの四丈も五丈もあるのがいくつも突つ立つて居るので、鶯横町の方から見ると物凄いやうな感じがする。

（「師影六尺」昭・3）

（「根岸草廬記事」明・32）

子規庵の前を過ぎ、日暮里方面へ続く細い裏道は今も昔のようにくねっている。ただ、明治期に鬱蒼と聳えていた樹木はもうどこにも見当たらない。では、路地を抜けて、タイムスリップしてほしい。子規庵は加賀前田家所有の黒板塀に囲まれた別邸内にある二軒長屋の一棟であった。玄関先の様子を、河東碧梧桐の問いに妹、律はこう話している。

玄関のガラス入り格子戸は、これも改築の時出来たもので、昔は何もありませんで、表門の開きをはいると、すぐ沓脱きまで開け放しでした。いつかお客様の下駄を取られたこともありました。

（『子規を語る』昭・9、岩波文庫）

関東大震災で傾いた家屋に手を入れ、格子戸が出来たのである。碧梧桐も、「根岸の宅に往っても、案内を乞うたことがない。黙って上りこんで、おばさん（母堂）なり、おりつさん（令妹）なりの顔を見ると、始めて挨拶をする。折あしくお二人とも見えねば、ずっと座敷まで通って、じきに病人の枕頭にすわりこむ。」と、同じ『子規を語る』に記している。病人の居る家なのに案内を乞う必要もないほどおおらかな環境だった。座敷とは八畳の客間で、子規の病室兼書斎の六畳に隣り合い、いずれも庭に面している。

我に二十坪の小園あり。園は家の南にありて上野の杉を垣の外に控へたり。場末の家まばらに建てられたれば青空は庭の外に広がりて雲行き鳥翔る様もいとゆたかに眺めらる。

（「小園の記」明・31）

「小園の記」は、松山から東京に移った「ホトトギス」の第一号に子規が書いた随筆である。記者として日清戦争に従軍の後脊椎カリエスとなり、歩けなくなった子規にとって、「今小園は余が天地にして草花は余が唯一の詩料となりぬ」と言うほど、庭は宝ものだった。

昭和二十年の空襲で庵は全焼し、五年後に再建された。子規の居る頃とどの位なにが変わったのか。周囲の状況や風景はともかく、一歩庵内へ入ればそこは明治であり、時間はゆっくり流れている。なんにも変わっていない。六畳に横になれば、子規が「仰臥漫録」に画いた糸瓜棚とまったく同じ情景が眼前にある。からだを起こし、ガラス戸を眺めれば、鶏頭の紅が他の草花を圧している。蝶や蜻蛉、蟬、小鳥、のら猫たちは昔も今も庭の常連だ。

ここは展示が行われる五月と九月以外は、なにかを見る場所ではなく、なにかを感じる空間がある。なにを感じるかは、その人その人で異なる。晩年は拷問のような痛みに泣きながら三十五年の生を果たした子規と、子規を護った多くの人々のこころをおもう空間でもある。

門人の赤木格堂が後年記した文章がおもしろい。

或日突如として、君は早稲田から根岸へ来るのに、どの道筋を来るか、と訊かれた。是れ〳〵の道を通りますと答へると、其んな単調な静かな道ばかり択ぶのはいけない。俗な騒々しい町中を好んで通るようにしなければいかぬ。世の中には、白雲、明月、青山、白水などいふ字を禁ずると、詩の作れぬ詩人が居る。それは本当の詩人ではないと戒められた。

（「追懐余録」昭3）

子規には「四百年後の東京」という随筆がある。今の根岸界隈の感想をもとめられたらなんと言うであろう。

（「歌壇」二〇一七年十月号）

正岡子規の写生と明治

子規が本格的に短歌に没頭し始めたのは、「歌よみに与ふる書」を新聞「日本」に掲載した明治三十一年である。庇護者である社主陸羯南の反対を押し切ってまでの論は若い読者を魅了した。

では、歌はどうか。

さみたれの根岸の里を夜行けば門のらんぷにやもり這ふ見ゆ　（明治三十一年）

自転車を茶屋の柱にたてかけて昼寝する人樅の下風　（同）

汽車とまるところとなりて野の中に新しき家広告の札　（三十一年）

一首目、人力車から見た夜の根岸。この頃急速に新しい家が建ち始めた。「門のらんぷ」は子規の随筆に、「家々の門ランプがあるは薔薇の花に映りあるは木の葉がくれにちらつく、此景根岸の特色なるべし」とある。雨中、ランプを這う守宮は果たして実景なのか。

二首目、自転車がまだ珍しかった時代の日暮里村諏訪神社茶屋での景。「柱にたてかけて」と、よく描写しているが、樅の木下の風は「昼寝」から導き出されたのかも。

三首目、上野と王子は明治十六年、田端駅は二十九年に開業している。新幹線の駅が出来始めた昭和もこんな勢いであったろう。「広告の札」が取って付けたようだが。

三十一、二年から、明治の最先端を写し、今も古くないと思われる歌をあげてみた。だが、これらは「らんぷ」「自転車」「汽車」「広告の札」があってこそ。モノに頼らない歌はないか。

色厚く絵の具塗りたる油画の空気ある画をわ

れはよろこぶ　（明治三十二年）

まだ記者として活躍していた二十年代に浅井忠や中村不折と知り合い、子規は洋画の魅力を知る。この歌、第二句の初案は「がさ〳〵とする」と、もっと具体的だったのだが、それでは「空気ある画」のふくらみが消え、結句の気分に繋がらない。歌の中にふくらみ、空気と空間を感じてこそ、真の写生となる。

家と家のあはひの坂を登り行けば広場を前に君の家あり　（明治三十二年）

「君の家」（香取秀真）へ近づく喜びが伝わる。狭い「あはいの坂」を人力車で上ると「広場を前」に家がある、という何気ない描写こそ「空気ある画」に通じる。

ガラス戸ノ外ノ月夜ヲナガムレドランプノ影ノウツリテ見エズ　（三十三年）

ガラス戸によって分けられた内と外。「ランプノ影」はその境界にある。月を隠し、ランプの形を映す空間に子規は居る。

くれなゐの二尺伸びたる薔薇の芽の針やはらかに春雨のふる　（同）

気付けば「二尺」も伸びてしまったバラの紅の新芽。柔らかな針（棘）も又、紅い。「二尺」により、バラの生命力を写した。開いた花よりも美しく。春雨の降る空間の空気までもかぐわしい。

（「うた新聞」二〇一七年十一月号）

田螺とマリアと、子規

長き夜や千年の後を考へる　子規

（『寒山落木』）

日清戦争に従軍記者として行った翌年、結核が悪化し、明治二十九年三月に脊椎カリエスとの診断がくだった。短い命がもっと短くなったことを知った年の句である。子規の頭の中の時間を思いながら、秋の日、子規庵のガラス戸越しに棚の糸瓜や鶏頭の色や空を眺めていると、時間の流れが緩やかになり、千年の後の宇宙から遠眼鏡で子規庵の小さな庭の紅い鶏頭を覗いているような気分になる。

明治十五年に生まれた斎藤茂吉の生誕一四〇年の今年は、正岡子規没後一二〇年にあたる。明治の前年、慶応三年に生まれた子規は、三十五年に三十四歳十一か月で亡くなった。二十歳であった茂吉は、まだ子規を知らない。だが九年後、明治四十四年九月十八日、子規庵での十周忌歌会に茂吉は伊藤左千夫、平福百穂《ひゃくすい》、森田義郎《ぎろう》、蕨真《けっしん》その他「アララギ」の人々に混じって土屋文明と共に居た。

なみだ落ちて懐しむかもこの室《へや》にいにしへ人は死に給ひにし（「子規十周忌三首」）（『赤光』）

二十二歳の冬、貸本屋で借りた『竹の里歌』に感動してより七年、「病牀六尺」で有名な子規の書斎兼病室の六帖、「この室《へや》」にようやく坐ったのである。師の左千夫や子規に接していた人々の話を聞くうちに、子規の死が身近に感じられ、思わず涙が零れた。子規が生きていて、自分の歌を見事に模倣した「地獄極楽図」一連を読んだなら、さぞ愉快に思ったであろう。

「千年の後」の句ではないが、理屈抜きに遠い世界へ運んでいってくれる茂吉の歌が私には二つある。

とほき世のかりようびんがのわたくし児田螺
はぬるきみづ恋ひにけり　（『赤光』）

生涯学習の通信講座に勤めていた昔、学園の理事長が突然隣の椅子に座って、「さいとうさん、教えてほしい歌があるんだけど」と、にこっと笑った。そしておもむろに呪文のように朗誦された。

トホキヨノカリヨウビンガノワタクシゴタニ
シハヌルキミヅコヒニケリ

はっきりと、二度。一瞬、頭がまっ白になった。
私の解釈は、はるか昔に極楽浄土の鳥、迦陵頻伽が産み落とした父親不明の子どもは「田螺」であったので、麗しい親に似ないゆえ、天界から下界に降ろされたという勝手なものである。「ぬるきみづ」は田んぼの水の温とさであろうが、母の胎内の羊水を思ったりもした。時折、「トホキヨノカリヨウビンガノ……」が頭の中でホロホロ鳴る度に、ふしぎな絵草紙の世界に引き込まれるような気分になった。理事長にとっても多忙で実務的な日常から、非日常へ飛べる呪文の役目をこの歌は果たしていたのかもしれない。

とほき世のかりようびんがのわたくし児田螺
はぬるきみづ恋ひにけり　（『赤光』）
田螺はも背戸《せと》の円田《まろた》にゐると鳴かねどころり
ころりと幾つもゐるも
わらくずのよごれて散れる水無田《みなしだ》に田螺の殻
は白くなりけり
気ちがひの面《おもて》まもりてたまさかは田螺も食べ
てよるいねにけり
赤いろの蓮《はちす》まろ葉の浮けるとき田螺はのどに
みごもりぬらし
味噌うづの田螺たうべて酒のめば我が咽喉仏《のどぼとけ》
うれしがり鳴る

南蛮の男かなしと恋ひ生みし田螺にほとけの性ともしかり

その頃読んでいた岩波文庫『斎藤茂吉歌集』（昭和四十八年版）に、右の一連のうち一、三、五首目の歌が載っていたのでさらに続きを空想した。地上に降ろされた田螺は無事に育ち、赤い小さな蓮の葉が浮く田の中でのんびり子を身ごもったのだと。茂吉が改選版で田螺の父親、「南蛮の男」の歌を削ったと知ったのはずっと後のことである。

関連があるのかないのか。子規の田螺の句を少し引いてみる。「田螺鳴く」は、春の季語である。

売られてや京の真中に鳴く田螺　（明治二十六年）

鶴下りて背戸の田螺をあさりける　（二十七年）

塵塚や烏のつゝく田螺殻　（二十八年）

小山田や田螺啼き出す雲の中　（〃）

ころがりて住む世の中や田の田螺　（二十九年）

子規繋がりで言えば、子規が明治三十二年に「ホトトギス」に書いた「俳句新派の傾向」の中に、「泥の精星と契りて田螺を生む」が載っている。作者は歌原蒼苔《そうたい》。子規の母方の親族である。発想は似ているが、一句が全部説明なので面白くない。子規を尊敬する茂吉のことだ。隅々まで読んでいて知っていたであろう。

とほき彼方《かなた》の壁の上《うへ》にはくれなゐの衣《ころも》を著《き》たるマリア・マグダレナ　（『寒雲』）

迦陵頻伽は上半身は美しい女性、下半身は鳥で仏典にもあるが、こちらは聖書の女性である。

この歌も私の頭の中に棲み着いたのは三十代である。「かりようびんが」と同じくらい長い。ドイツに留学中の歌だと思い込んでいたので五十五歳の作だと知ったときは驚いた。「木芽」の連作、山上で過ごす静かな歌とは何も関連性がないからだ。十四首の八首目、「マリア・マグダレナ」の前に次の歌がある。

のぼり来《こ》し山の一夜《ひとよ》のまなかひにまぼろし見つつ吾は眠《ねむ》らむ
（『寒雲』）

九首目も、「北平《ほくへい》の城壁《じやうへき》くぐりながながと駱駝の連《つら》はあゆみそめ居り」なので、一夜の夢だと読める。しかし、私が最初に手にした文庫の『斎藤茂吉歌集』に手がかりとなるこの歌は入っていなかった。従って、「マリア・マグダレナ」は、ひょんと単独で脳裏に定着した。透明な滴《しずく》のように、清らかな音楽のように。

『斎藤茂吉―その迷宮に遊ぶ』の「茂吉と性」の中で岡井隆はこの歌をあげ、「茂吉はよく聖女を歌っています。ジオット作の『マグダラのマリア』は、イタリアに行ったときに見ている。マグダラのマリアは、キリストの恋人と言ってもいい人で、非常に清らかに描かれているんですが、茂吉はどうしても忘れられないんですね。こういう人と、阿部定と、茂吉の中ではほとんど同じレベルのところにあったというのが、面白い」と話している。成程。若い頃は「清らか」だけを自分の好みに合わせて感受していたのかもしれない。

聖書には六人のマリアが登場する。その中で最も個性的であるマグダラのマリアは、『聖書の女性　新約篇』（アブラハム・カイパー著）によると、きわめて情熱的、衝動的な性格であったと紹介されている。

無鉄砲にも子規との関わりを思うとき、「ホトトギス」（明治三十二年）に載った一篇が胸をかすめた。

〇先日徹夜をして翌晩は近頃にない安眠をした。其夜の夢にある岡の上に枝垂桜が一面に咲いてゐて其枝が動くと赤い花びらが粉雪の様に細かくなつて降つて来る。其下で美人と袖ふれ合ふた夢を見た。病人の柄にもない艶な夢を見たものだ。

五十五歳の茂吉と三十一歳の子規に起こったある夜の「柄にもない艶な」まぼろし、夢。「赤」「くれなゐ」への愛の深さは共に限りない。

直接会うことはかなわなかった二人の歴史と創作の重なりのひとかけら、「長き夜」に思ったことだ。

（茂吉記念館だより」2022・12・15―生誕140年記念―）

逆境に生きて
――三ヶ島葭子

1　夫の歌

三ヶ島葭子《みかじまよしこ》（一八八六〜一九二七）が世に知られている背景に夫、倉片寛一《くらかたかんいち》の存在がある。この一つ年下の文学青年に出会い、「妻妾同居《さいしょうどうきょ》」の苦悩を詠んだ歌人として有名になった。

二人の交際は明治四十五（一九一二）年、二十五歳から文通という形で始まった。「スバル」「青鞜《せいとう》」「創作」などの文芸雑誌や短歌誌に掲載される葭子の歌に倉片が心を引かれたのであろう。

「白き帆に風をみたせる船のごと君恋しさに満てるわが胸」（「スバル」明治四十三年）や「ひろがりてすべなき我の恋に似ぬ蜻蛉の触れて渦を巻く水」（「スバル」明治四十四年）など恋歌が多く、ロマンティックで瑞々《みずみず》しい。すでに「女子文壇」という雑誌へ文章や詩を投稿し、与謝野晶子《よさのあきこ》に指導を受けていた葭子は、東京府西多摩郡小宮村（現・あきる野市）の尋常高等小学校（現・あきる野市立小宮小学校）に来た珍しい女の先生としてつつましく暮らしながら、仕事と文学の両立に悩んでいた。この時代を考えれば一見自立している新しい女性に思えるが、その頃の日記にこんな一文がある。

　上手になるよりもつと肝要な目的があるのである。いふまでもない。なべてのことは矛盾してゐるこの悲惨な半生涯を夢中ですごしたその悔恨の涙を呑んで、これを花のつゆ春の雨としなければならないのだと私は深く決心したのである。もう〳〵つまらぬことは歌はないやうにしよう。

「悲惨な半生涯」とは、埼玉女子師範学校（現・埼玉大学教育学部）時代に患った肺結核のみじめな闘病生活の年月を指す。弟たちを奉公に出してまで貧しい家庭の星となるはずだった未来は、中途退学により消えてしまった。いつまでも無念さだけが尾を引いている。自分は文学を志すことで精神の復活を遂げよう。佳《よ》き歌を詠まなければと思い詰めていた日々に現れた闊達《かったつ》な青年は、熱く文学を語り、容姿に自信がない葭子の態度に気づかず、実家にも山の村にもふいにやって来る。本物の恋に葭子は落ちてしまった。

　水色の雨の中にて火の燃ゆる夜明けの山に君
　を思へる　　（「青鞜」大正三年二月号）

夜が明け初め、空が透明な水色になるひとときを詠んでいる。ひんやりと雨が降る朝、山の村では早くから仕事をする人の焚《た》く火の色が美しい。夫となる人を想《おも》いながら朝を迎えた葭子の胸の炎とも重なる結婚前の甘美な歌だ。

　葭子が教師をやめ、大正三（一九一四）年三月二十五日に東京へ向かった日を「結婚」と年譜は記す。当時、倉片は失職し、母から結婚を反対されていた。文学を語り合う仲間として束縛せず、されたくない夫の真意に気づいたのは結婚してからだった。十二月末、娘みなみが誕生し、倉片家の家族と認められる。

昨日《きそ》の怒そのまま持ちて帰るべき夫《つま》を思《も》ひつつ火鉢に炭《すみ》つぐ
（「アララギ」大正九年一月号）

春の夜をさびしくもあるかひたすらにものを思へる夫といねつつ
（未発表歌、大正十一年四月）

結婚後の日記には、新しい職を得ても貧しさは変わらず、喧嘩《けんか》から暴力に至る様子や、健康な夫が次の子を望んでも再び病む身となった葭子が拒み、夫婦生活が破綻してゆく日常も綴《つづ》られている。一首目は、師である島木赤彦《しまきあかひこ》が絶賛した一連にある。暗い気持ちで夫を待ちながら炭を足すリアルさがドラマの場面のようだ。助動詞「べき」は「きっと……するに違いない」の意。

二首目は、大阪への単身赴任を終えて帰京した夫とのある日。春の夜、傍らの夫がいつまでも眠らずなにか悩んでいるのを感じつつ問うことはない。心を分ちあう夫婦でなくなった二人が見える。「さびしくもあるか」は、さびしさを強調している助詞。「春の夜」だけに、さらに切ない。

夫の悩みは大阪の愛人の処遇についてであった。世帯を二つ持つ金がないと同居を言い出され、葭子も悩む。貧しさをどうしようもない。病の伝染を恐れて夫の実家で育てられている娘と、養われているわが身を思えばほかに道はなかった。若き日の日記にある「悲惨な半生涯」は、「半」にとどまらず続き、愛した男と宝物のような娘を遠ざけてしまっていた。

平仮名の吾子の手紙をよろこびて声あぐる夫にしばし親しむ
（「婦人之友」大正十二年二月号）

めざむればわれのほかには人をらぬ部屋の雨

戸のあきしままなる
（未発表歌、大正十三年三月）

一首目は、大阪から来た徳田冨野《とくだとみの》と同居中の歌である。夫の実家に居るみなみも九歳になった。賢く育った自慢の娘に葭子はじつにたくさんの手紙とはがきを送っている。夫も娘が可愛《かわい》くてしかたがない。夫婦を実感できるのは娘に関わるときだけだったのだろう。一連に「鏡の中うつりし見ればこれやこのわれの眼ざしおだやかならず」がある。苦悩の表情が見えるようだ。

二首目は、関東大震災（大正十二〈一九二三〉年）を挟んで大正十三年三月に二人が転居した直後の歌。独りの自分を心配して雨戸を開け、またそっと出ていったと夫の気配を思いたい女性がここにいる。

2　子の歌

倉片《くらかた》みなみ（一九一四〜二〇〇一）は、葭子《よしこ》と倉片寛一《かんいち》の間に生まれた一人娘である。当時（明治末期から大正初期）文学という共通のパスポートを携えていた二人が恋に落ちた時期は、大正デモクラシーが盛んになってゆく時代と重なる。

葭子が教師を辞めて山の村から東京へ向かった大正三（一九一四）年三月、数日後には倉片は葭子を残し、退職金を持って関西へ遊びがてら職探しに行ってしまった。「結婚」という意識は希薄だったのかもしれない。六月、妊娠を知らされて急遽帰京。神田の商店の二階、四畳半一間で心細い新婚生活が始まる。倉片の若い友人中川一政《なかがわかずまさ》の世話で巣鴨《すがも》村（現・豊島区東池袋）の一軒家に移り、十二月二十八日にみなみが生まれた。

何よりもわが子のむつき乾けるがうれしき身
なり春の日あたり　（「青鞜」大正四年八月号）

まづ何をおぼえそむらむ負はれてはかまどに
燃ゆる火など覗く子　（同）

子のためにただ子のためにある母と知らば子

もまた寂しかるらん

（「青鞜」大正四年十一月号）

平塚《ひらつか》らいてうが創刊した文芸雑誌「青鞜《せいとう》」に掲載された歌から。一首目、転居した平屋は日の当たる家だったのだろうか。布おむつの乾き具合は子どもの健康にも関わる。貧しい日常のなかで恩寵《おんちょう》のような春の日差《ひざ》しが何より母親にはありがたい。「身なり」は、葭子らしい表現で、「わが身である」という意。この作品は襁褓《むつき》を初めて短歌の素材にしたと言われている。二首目、背中に負ぶっている子も四か月ほどになり、さまざまなものに興味を持ち始めた。朝のかまどの火が赤く踊るさまを目で追い、小さな手を伸ばし、体ごと近づこうとしたのだろう。声まで聞こえるようだ。元気な赤子に振り回されているさまがほほえましい。

　三首目は、少し様子がちがう。今の自分に疑問が生じたのだ。子どもは可愛《かわい》い。だが、子のためだけを考えて生きてゆけば、いつかそんな母の人生を子も物足りなく寂しく思う日が来るであろう。娘をあやしながら、切実にものを書く時間が欲しいと願う。

　この一首について、女優の黒木瞳《くろきひとみ》は著書『母の言い訳』（二〇〇五年・集英社刊）の中で、「確かに私のなかにも、子供の為なら命さえ惜しくない愛情があふれています。でもやはり、私は私のために生きるのです」と強く共感している。

　一連に「われいまだ道の半ばと思ふとき思ふことみなはかなくなりぬ」とある。落ち着かないまま、まるで何かにとりつかれたように大正四（一九一五）年は多くの雑誌に出詠している。『定本三ヶ島葭子全歌集』によると七七七首。葭子の四十年の生涯における全作品約六千首の一割以上であることに必死の心が見える。

病めば子のやしなひがたく人のゐる湯ぶねの
中に涙おとしぬ

（「詩歌」大正五年十月号）

もの縫へるわがかたはらに紙切りてしばし
となし日にやけし子は

をさなごの吾子に着せばやもすりんのこの模様こそわが眼に飽かず
（「アララギ」大正七年五月号）
（「アララギ」大正十年二月号）

無理をしすぎたのか、翌五年四月、突然血痰《けったん》が出る。二歳にもならない娘は、埼玉県所沢で搾乳業と販売を営む倉片家に引き取られて行った。銭湯の湯ぶねの中でふいに娘を思い出して泣いてしまった一首目。先ごろまで抱いて湯に浸《つ》かった幼子の肌の記憶が葭子を苦しめる。この年、友人の原阿佐緒《はらあさお》に触発され、「アララギ」へ入会。島木赤彦《しまきあかひこ》に師事する（五年後、阿佐緒の不倫を庇《かば》って真相の一部を「婦人公論」に記したために破門）。

葭子の体調がいいとき、みなみは偶《たま》に戻って来た。二首目は幸せな親子の風景である。活発な娘も裁縫をする母を真似て何か作っている気分になっているのだろう。田舎暮しで日に焼けて元気そうだ。葭子は縫物が得意で家計を助けるために賃仕事をしたが、娘の着物や小物はとくに意匠をこらしていた。「もすりん」は薄い毛織物。当時わりに安価で子ども用の可愛い模様がいろいろあり、娘が着た姿を想像するのは心のはずむことだったにちがいない。

じりじりと日は照りつけていらだたしひた待つわが子今日は来ぬらし
（「日光」昭和二年六月号）

おのが子のかへりしあとやそこにゐるよその子供に言葉をかけつ
（同）

葭子の死後「病床雑詠」という題で載った一連から。（三ヶ島葭子追悼録掲載号）とある。一首目も二首目もただただ切ない。今日か明日かとひたすら待ち、ようやく訪れても倉片の両親から病床に長く居ることを禁じられている娘への思いが溢《あふ》れ出ている。

昭和二（一九二七）年三月二十六日、三ヶ島葭子死去。倒れたのは前日の二十五日。山の村から東京へ出た日と同じである。たった十三年前のことだ。

偶々《たまたま》倉片の会社の者が発見し、その日の午後駆けつけたみなみは、やや意識が回復した葭子に埼玉県立川越高等女学校（現・川越女子高等学校）の合格を告げることが出来たという。

三ヶ島葭子、本名倉片よし。明治十九（一八八六）年八月七日、埼玉県入間《いるま》郡《ぐん》三ヶ《みか》島村《じまむら》（現・所沢市）生まれ。享年四十歳。娘みなみは歌人となり、年月を費やして『定本三ヶ島葭子全歌集』（一九九三年・短歌新聞社刊）や葭子の日記などを世に送り出している。

3　身の巡《めぐ》りの歌

三ヶ《みか》島葭子《じまよしこ》（一八八六〜一九二七）は埼玉県入間郡三ヶ島村（現・所沢市）の小学校校長をしていた三ヶ《みか》島寛太郎《じまかんたろう》の長女として生れた。弟妹は五人。異母弟に、のちに俳優となった左卜全《ひだりぼくぜん》がいる。頭のいい葭子は自慢の娘であり、姉であった。十一歳で百人一首の注釈本を、十五歳で古今集、新古今集、狂歌集を読んでいたという少女の成長後を追いかけてみよう。夫や子の歌とはまた異なる身の巡《めぐ》りの歌に、逆境の中、葭子の世界が自在に広がっていることが分かる。まるで歌を詠むために選ばれて生まれてきたような。

たそがれの町より白く見ゆるかな山の桜の咲きそめし色　（「創作」明治四十三年六月号）

灰色の大き玉抱き三日月の沈むと見ゆるさびしき光　（「女子文壇」明治四十四年一月号）

咲きのかぎり咲きたるさくらおのづからとどまりかねてゆらげるごとし　（「日光」大正十三年六月号）

夕ぐれの流しに洗ふ白き皿水つめたからず春の月さす　（「アララギ」大正七年五月号）

まず、素材的にも多い桜と月の歌から。山の村の代用教員だった二十三、四歳の頃の一首目は、静かでさびしい山桜のさまがありありと見える。加えて、咲き始めた花を眺めながら彼方の町へと葭子の心が漂っていることも。二首目は、三日月の現象「地球《ちきゅう》照《しょう》」（月の欠けている部分が地球に照らされてうっすらと見える）を具体的に詠んだ珍しい歌。「灰色の大きな玉を抱いて三日月が（西の空へ）沈むのが見える。（何と）さびしい光よ」。共に調べが整っている。

　三首目（三十八歳の頃）の桜はどうか。樹の生命《いのち》が花となって溢れ揺れているかのように見えたのである。四首目（三十二歳の頃）の月は「白い皿」に主役を譲っているようで、読後柔らかな春の月の光をほのかに感じる。後年の歌は「咲きのかぎり」「水つめたからず」と一音《いちおん》多く、破調になっているのがプラスに作用している。

　フリジヤの花買ひたれば花売が桃のつぼみを
落してゆけり　（「日光」大正十三年四月号）
自転車を走らせとほる店の小僧たんぽぽの花
を帽子にさしたり　（「日光」大正十四年九月号）

花の歌はいずれの季節も詠まれていて、全生涯約六千首のうち約五百首もある。その中から花と人物が登場し、印象的な歌を。一首目は「――大方は病床にて――」と詞書《ことばがき》がある。家の前を通る花売りを呼びとめてフリージアの花を買ったあと、零《こぼ》れていた紅い小さな蕾。二首目の少年は、商店の御用聞きか配達だろうか。帽子が鳥打帽かどうか分からないが楽しそうだ。黄色のタンポポが光っている！

　この二首の間《かん》、葭子は軽い脳出血を起こし、一時右半身不随となり、文字も書けず、歌を作らなかった。さすがに別居中の夫も心配し、十歳になる娘のみなみが四か月ほど所沢から東京・麻布の小学校に転校。父、寛一の家から朝と下校後に用事をしに通っていた。

　わが家によらですぎゆく配達の麻地の服をと
ほす春の汗　（未発表歌、大正十三年七月）
朝の街につきゐし電灯いましかも遠きと近き
とひとときに消えし　（「日光」大正十三年八月号）

脳出血で倒れる少し前の歌から。一首目。独り暮らしになった日から郵便配達夫は特別な存在となった。どれほど毎日便りを待っていたことか。娘から、歌友から、家族から、最後の師、「日光」の小泉千樫《ちかし》からの。夏の制服の背に汗を滲ませながら過ぎて行く後ろ姿は恨めしかっただろう。「ほほゑまし郵便片手に持ちながらこの配達は犬を撫でをり」（大正十五年）を読むと、家の前を毎日通る配達夫は、葭子にとって最も身近な待ち人だったと気づかされる。

夜が明けて街灯がいっせいに消える瞬間を切り取った二首目。こんな光景を歌にした人は多分いない。独りになってから、葭子は窓に寄ってよく外を眺めていた。この日は、眠れずに朝を迎えたのか。「いましかも」は、たった今のことだ、の意。

うみたての玉子を人に貰ひたり毛のつきたる
がいくつもあるも（「日光」大正十四年九月号）

だれかが病身の葭子に贈った新鮮な鶏卵。下の句の表現で、てのひらに伝わる温かさと、その一つ一つが生命なのだと葭子が感じたように読めるのは、結句の助詞「も」の余情を添える働きによる。

葭子の歌はこのように一見、一読してとくに難しい言葉はない。分からない内容もほとんどない。しかし、読み返すたびに平明な言葉の底を流れる〈何もの〉かが胸に残る。感情だけではない、写生だけでもない。〈何もの〉かが葭子の歌一首、一首を支えている。

大正七（一九一八）年の日記に、日記帳について「人に見られれば恥である。（中略）恥まで残しておきたいといふのはよくよく執念深いのだ。」と記す。自分を知っているからありのままなのだ。

しみじみと障子うす暗き窓の外音たてて雨の
降りいでにけり（未発表歌、昭和二年）

四十歳七カ月で亡くなる前の一首。そこに居るはずの葭子は、もう夕暮れと、雨の匂いと、高い雨音に溶け込んでしまっている。

（「NHK短歌」二〇二一年十一月号～二〇二二年一月号）

純粋のとき――近藤芳美

近藤芳美の遺歌集（第二十四歌集）『岐路以後』が出版された。亡くなられたのは平成十八年六月二十一日。一年となる。一冊には九十歳から九十三歳まで、約二年半の作品が収められ、最終章の「マタイ受難曲」四首は、三月二十六日に口述筆記された。最晩年に何がうたわれたのか。

手術の後伴われゆく病棟の廊下廊下に清掃続く
（「手術前後」二〇〇四年）

おそらく夕暮時であろう。静かな廊下を曲がりながら、清掃作業をする人たちが働いていることを感じ取っている。ことばとしてはそれだけだが、圧縮されたような下の句の表現の向こうに、自分もまた仕事に復帰できるのではないかと、一すじの光を見ている。目を病む日々の辛さと作歌への思いの強さは、「読むあたわず自ずから書くあたわず白内障の日々の深まり」「手さぐりにフェルトペンありなお吾に表現という残るよろこび」など、術前の作品に表出されている。しかし、視力の回復は難しかった。

かぎろいの人間と人間文明と無辺の宇宙の一
砂塵　地球　（「広島」二〇〇四年）

人間とは何か。人知の創り出したものとは何か。核を持ってしまったため滅びるのでは、との予感を背景にして、「人間とその人間が創り出した文明を載せ、はてしのない宇宙を漾う一粒の砂塵に過ぎない地球よ」とうたう。「かぎろいの」は、「はかないもの」の意であり、単なる枕詞ではない。「かぎろい」こそが一首のすべてといえる。

足もとに照りかげりする日のしばしまどろみ
ありて見ていし生涯
（「まどろみの夢」二〇〇五年）

遥か今も家屋を流す濁流の護岸のひとりの舟
艇衛兵の夢　（同）

「足もとに照りかげりする日」に、室内の様子と時間の移ろいが描かれている。椅子に座ったままのわずかな微睡みの間に、自分の生涯を見たという一首だが、夢を見たというわけではない。陽の温とさにうとうととしているうちに、人生のフィルムが自ずと巻き戻され、遠い過去へと立ち戻っていたのだろう。二首目は、畳み掛けるような独特の韻律で恐怖が告げられる。それは〝今〟なのである。

或いは意志或いは失意ときどきを縋り縋り来
し文学の果て　（「文学の末」二〇〇五年）

必然とリアリズムの選択の他なかりしを生涯
の文学を苦しみとする　（同）

文学を志した一生は、それをなしとげようとする決意と失望の繰り返しであった。「縋り縋り来し」には、信仰告白めいた重苦しさが感じられる。そうした日々の果てに、「生涯の文学を苦しみとする」と、身を投げ出すようにうたう。「戦争の世紀」を生き、その危機感の中の思いを祈念としてうたう以外にない、と言い続けてきた近藤芳美。必然であったとしても、それは孤独を強いられる人生だったに違いない。素のこころをことばに出したとき、たましいは解放されたのだろうか。

ひと夜のねむり百年のふかき眠りねむりは人を忘れしめつつ　（「眠り」（二〇〇六年）

「ねむり」「眠り」「ねむりは」。揺り返す鐘の音のように響く。ひと夜のねむりは百年の眠り、死へと通じる。ねむりは、この世で会ったすべての人と自分を隔て、忘れ、忘れられる。聖書の箴言のようでもあるこの作品からは、もう深く悩む地点からは脱しましたよ、という声と、それとは裏腹な憂愁の面持ちとが感じ取れる。

くり返す放心を無心の思いとし君におさなきときはめぐりつ　（「マタイ受難曲」二〇〇六年）

マタイ受難曲そのゆたけさに豊穣に深夜はありて純粋のとき　（同）

こころを病む妻への思いが最後まで残った。「放心」と「無心」は他に関心のない清らかな幼女の表情である。ここへ至った理由を今なら夫には分かる。文学の中で高齢の夫婦の心情が描かれることは少なく、大切な作品と言えよう。歌集掉尾の一首は、これまでどこか知識で聴いていた曲を五感で受け取り、そのままをことばに置き換えたように思う。プロテスタントの洗礼を一月に受けた頃、何かが変わった。「純粋のとき」には、過去も未来もない。

（「歌壇」二〇〇七年八月号）

とし子夫人のところへ

——晩年の近藤さんのこと

思い出がいくつもいくつも水の輪のように重なり、滲んでくる。一体なにを書いたらいいのか。

晩年。先生の最晩年を思いながら、古い手帳を取り出してみる。二〇〇六年六月二十一日に「一〇時一分。先生、永眠」とある。ここから遡ってみよう。

五月の頁を開く。五月五日には、鉛筆で「先生、九十三歳」。「こどもの日」でもある誕生日は、仕んでおられた高齢者用マンションに併設されている病院のベッドの上で迎えられた。どんな感慨を持たれたのか知るよしもないが、朝鮮の馬山で生まれた後の幼・少年期の追憶を一冊にした『少年の詩《うた》―青春の碑序篇』には、端午の節句の日に長男が誕生した若いご両親のよろこびが綴られている。

その二日前の五月三日、「成城学園前一二時　近藤さん」とあるのは、佐伯裕子さん、秋山律子さんと十二時に待ち合わせたからだ。いつものように駅前で昼食をとり、先生に会いにでかけた。晴れていたような気がする。美しい桜並木が続く街も花が終わり、青葉の季節に入っていた。受付で私たちの来たことを告げると病室へと案内された。部屋の前でしばらく待つ。先生の苛立つような声音に三人がやや不安になった頃、どうぞ、とうながされた。ぜひ入れ歯をと言われましたが無理でしたので、とナースはすれ違いながら言う。何やらうなるような声がしている。挨拶をした後、先生、いかがですか、と思い切って声を出す。いつもの私の役割なのだ。話されることを聞き取って返事をしたつもりが、時々顔のあたりで手を振り、チガウ！　と表明される。これではお疲れになるので失礼しようと話し合っていると、またベッドから声。今度は、どういうわけかはっきり分かった。とし子夫人のところへ寄ってほしいと言っておられる。病院とマンションは繋がっているのだ。「はい、分かりました」。病室の空気が一気にやわらかくなったような気がした。とし子夫人に会うため、病院の廊下を抜けて歩きながら、多分三人とも奥様への想いの深さにしんとしていたように思う。あのやりとりがとうとう私たちと先生の最後になってしまった。

手帳に戻る。四月は腰痛に悩まされて出かけていない。三月は十三日と二十七日に「近藤さん」とある。秋山さんと先生の入院先へ向かったのは二十七日。関東中央病院だったか、至誠会第二病院だったか、とても広い病室に寝ておられた。また入院ということで心配だったが、思ったよりずっと元気よく話をされた。「こんな大きな部屋必要ないんだがね」。病院の物音もここは聞こえない。

この時期、北上の日本現代詩歌文学館では、「近藤芳美展─戦後短歌の牽引者」という特別展示が催され、自分も見たいと熱望された。列車がだめならヘリコプターでオープニングに出席するか、等と冗談のような話も出たりしたが、勿論かなわなかった。代わる代わるセレモニーの雰囲気と展示のすてきな内容を報告し、三月十八日の会に集合した「未来」の人たちの寄せ書きを渡すと、眼鏡を取ってじっと見ながら、誰々が来たの、と聞かれたりした。白内障の手術後も視力は思うように戻らず、とても辛そうだった。

あの日、今も申し訳ないと後悔していることが一つある。やはり帰ろうとした時だったと思う。「歌が頭に詰まっているので書いてほしい」。「そこに、原稿用紙があるだろう」。最晩年、口述筆記を頼まれた人は何人もいる。主に桜井登世子さんだったが、私たちも時々お手伝いをしていた。目を閉じ、頭の中に生まれたものを言葉にし、吟味し、反芻し、声に出されるのは、子供を生むにひとしい。一語一語嚙み締めるように口にされる言葉を傍らで書き取るのはとても緊張する。まさに歌の生まれる現場だった。

先生が頼まれたにもかかわらず、事情があり、あの日に限って書かずに帰ってしまった。次の日から今まで、何度思い出し、後悔したことか。

私の父は先生より一年早く同じ朝鮮の木浦に生ま

れた。どちらも銀行員の父を持つ。父自身も銀行員であった。娘の私は群山で生まれ、敗戦後、馬山近くの鎮海から海防艦に乗り引揚げてきたと聞く。母三宅霧子は、朝鮮に居る頃から「アララギ」の文明選を受け、「関西アララギ」を経て「未来」に入っている。私が親しみを感じ、先生もいくらか同じように思って下さっていたとしたら、見えない繋がりがあったのだろう。二〇〇二年、母が亡くなった後にプロテスタントの葬儀について一度尋ねられたことがある。もう既に受洗を考えておられたのだろうか。説明をすると、「いいね」と、窓の外を見ながら短くそう言われた。

（「歌壇」二〇一三年六月号）

河野愛子の青空

深夜、テレビをつけた。透明な青い空が映り、すぐに大きなプールに画面は切り替わった。アテネオリンピックの競泳の一つの種目が終わり、次の種目が始まる前らしく、青い水面が揺れていた。

わたしの好きな河野愛子の第五歌集『黒羅』（昭和五十九年刊）にあるアテネの青空の歌を思い出したのは、オリンピックが終盤にさしかかったある日のことである。青空は、屋外の競技の中継のたびに繰り返し画面に登場した。

かくも青き空に破《やぶ》れのあらずけり神々の貌さし覗くかと
帰り来て胸にしまへる青空に聖なるはひるがへす石のさごろも

「黒壁　ヨーロッパⅠ」と小題のついた二十一首の中にあり、この一連はどの歌も魅力的である。アテネを詠んだ歌では、「広場より広場へ歩みアテナイの雨にわが身をまかせゐし日よ」の方が、映画の一シーンのようで想像力を掻き立てられるが、河野さんにとってこの「青空」は特別のものであったと思われる。なぜなら、あとがきに、「初めて西欧を訪ねて、先ず足を運んだアテネの外辺、アクロポリスの丘に立ったとき、蒼然として身を支えつつ並立する白い神殿の柱の間に、晩秋の透明な空を仰いだわたくしは、平素の自分には全く縁のない悟性という言葉の、静かで明晰な切口が胸に閃く思いがした。そのひそかな感動を、わたくしはこの後、忘れないだろう。」と記しているからだ。

「悟性」という言葉が閃いたとき、ギリシアという国が持つ大きな厚みのある「時」に圧倒されたに違いない。病身であった自分が、生きて、この地に立ち、空を仰ぎ、神々の姿を見たという感動が伝わってくる。

ドリヤ柱列かげきわやかに光り立てばギリシャの冬の空の藍深く　『樹々のしぐれ』

この透るまでの静謐に来て向かう「悟性」といえり人に知りしもの　同

旅の同行者である近藤芳美は、同じ場所でこう詠んでいる。二人が澄んだ空の下アクロポリスの丘で感受し、理解したものは静かに響き合っていた。

アテネオリンピックは終わった。青空も終わった。河野さんが亡くなってこの八月で十五年が過ぎる。

（二〇〇四・八「エッセイ四人の会」夏号）

色を超えた「色」

ほのぼのとましろきかなやよこたはるロトの娘は父を誘《いざな》ふ　葛原妙子（『鷹の井戸』）

めがね三つのいづれに見ても心ゆく魚のはらごの紅に透く玉　河野愛子（『光ある中に』）

黝《あおぐろ》し母の筋肉、春の畝、ひとにするどく鋤き起こされて　佐藤弓生（『薄い街』）

色といえば正岡子規の「くれなゐの二尺伸びたる薔薇の芽の針やはらかに春雨のふる」が浮かぶ。たぶん初句に「くれなゐ」があるからだろう。紅薔薇かと問う人がいてびっくりした。春先の薔薇の芽のきれいな赤を思っていたからだ。ただの赤ではない微妙な「くれなゐ」は、ほのぼのと植物にも血が通っているとしか言いようがない。ひらいたら何色の花びらをもつ薔薇だったのか。

掲出歌の一首目に「ほのぼのとましろき」があるので、想いが子規の色へと漂ってしまった。「ましろき」は純白のことであるが、「ほのぼのと」が雪洞《ぼんぼり》に点る一本のローソクのように作用して「ましろき」は呼吸しはじめる。生きている肉体の色として、手触りまで感じられる色として。「ましろき」だけでは、雪のような清浄さのみを概念的に読者へと手渡しかねないところを、「ほのぼのと」と「…かなや」の助詞たちが、クッションのように柔らかく両面から挟んでいる。

その「ましろき」肉体の持ち主である「ロトの娘」は、姉妹である。旧約聖書「創世記」は、主が滅ぼし町を逃れたロトに御使いとの約束を破り塩の柱となった妻と、二人の娘がいたことを記している。次の世代を産むために娘たちは相談し、酒で眠らせた父とともにそれぞれ夜を過ごす。葛原にとって何と魅力的な素材であることか。「誘ふ」と脚色をした結句により、ほのぼのと清らかに呼吸している「ましろき」が、一転して罪の匂いのする「白」に変わる。同じ色が歌の中で他の言葉によって変化するこの魔法を「脚色」と言ったが、聖書には書かれなかった真実を葛原の鋭いアンテナが感知したというほうが正しいのかもしれない。「ロトの娘」を歌にした動機の背景に、白い塩の柱にされた娘たちの母の影が見え隠れする。罰されて大地に白く横たわる母の肉体の代わりに、娘のからだがあるとも考えられるからだ。

闘病中の苦しい病床から河野愛子は歌を作り続けた。二首目の「紅に透く」魚の卵はあまりにも明るすぎる色ゆえに胸が痛む。ガンとの闘いは一年半続き、一九八九年八月の暑い日に天へ召された。所属する「未来」十月号までの歌が残されていたと川口美根子が『光ある中に』の跋で明かしている。最終は亡くなる五日前の制作であった。どのように死と向かい合ったのか。享年六十六歳という年齢は、若い頃に肺結核で死を覚悟し、つねに死を傍らに置いて歌を作っていたといえども無念だったろう。河野に子どもはない。年上でやや体の不自由な夫を最後まで気にかけていたという。

「紅に透く」魚の卵は、「めがね三つ」によってつくづくと見尽くされ、確認された。細部まで見える眼鏡にかえてまで見るというユーモラスともいえる食事風景は、一時帰宅を許されたときのことなのだろうか。この歌の少し前に「われ早く死ねば夫も追ひて来むさびしきこのおもひを赦したまへ」など、死を覚悟した幾首もの歌があり、併せて読むと河野の精神力の強さと同時に揺らぎが迫ってくる。死の覚悟も魚の卵をみつめることも、それを歌に作る作業をする限り、生の終りではない実感につながるのだ。ふと、冒頭にあげた正岡子規の「くれなゐ」の薔薇の芽の歌が重なってくる。二人の現実の認識の方法はどこか似ている気がする。事実を事実として納得するまで見つめることなのだ。薔薇の赤い芽も、「紅に透く」魚の卵も、目の前にあり、心を惹く力がある。「紅」が、滅びようとする者の感官に一瞬の火花を生じさせたのだ。もしも透明なだけの、または他の色の卵であれば、歌にはならなかっただろう。

　三首目の歌。昨年の十二月に刊行された第三歌集の中の「黝《あおぐろ》し」という色に注目した。この歌はこれまでの二首とは異なる根から生えたものである気がすることが愉しい。まず初めに「黝」ありき、だったのではと想像できる。この字には「青みがかった黒色」「くろずむ」「くろつち」などの意味がある。三つ目の「くろつち」から「春の畝」が出現した。続く「ひとにするどく鋤き起こされて」は「春の畝」からの連想ではないか。では、「母の筋肉」はどこから来たのか。「母」は「くろつち」即ち大地（母なる大地）から。「筋肉」は「畝」の形状にもとづくのではと気づく。「黝」という字から始まって、どんどん連想が膨らみ、ぐるっと回って「黝」は「黝《あおぐろ》し」と形容詞のかたちとなり、「母の筋肉」を誘導する初句の位置が与えられた……。

　これはまことに勝手な読みである。こういう読み方をしてみたことがこれまで一度もなかったので新鮮であった。そしてさらに新鮮だったのは、こうしてそれぞれの句を合体させて出来上がった一首「黝《あおぐろ》し母の筋肉、春の畝、ひとにするどく鋤き起こされて」を改めて読むとき、春の大地が人によって鋤き起こされ、畝が作られてゆく景が光と影を纏って彼方に浮かんでくることだ。「黝《あおぐろ》し」は二句以下の言葉へ共鳴し、母の引き締まった肉体や、春のまだ冬から覚めないやや硬い土の感触まで想像させる。「黝」を辞書に見ると、「黒＋幼。幼は、幽に通じ、光がかすかの意味。うすく青みがかった黒の意味」とある。嗚呼、「黝」は、美しい色であったのだ。

　佐藤弓生のような作りかたは、歌の中心が限定した「私」だけではないことを思う。私は複数の他者の集合体であり、また人間以外の他のものでもあるといった感覚を有している歌人のようだ。「色」からそう感じた。


（「短歌研究」二〇一一年六月号）

廃墟から宇宙へ――現代建築を詠んだ歌

夜の河を越ゆるとき見ゆ層なして光の列を積む団地群　　尾崎左永子

「団地」なる集合住宅が都市の内外にあらわれてから久しい。一昔前、団地には子供たちの声が響いていたが、現代では住む人の年齢層が高くなった地域もあり、立て替えが進んでいる。しかし、夜になると、古い団地も新しくなった団地も一様に「層なして光の列を積む」。橋という回りが空間の場所から眺める光の列は、きらきらと無機質で、どこかもの哀しい。

（『春雪ふたたび』）

ラブホテルのうらの塀より日一日《ひいちにち》石榴の花はみちにこぼれて　　小池　光

「ラブホテル」とは、現実離れした外観と迷路のような内部構造が独特の建築物であると辞書に記されている。和製洋語のおかしみがこの一首に凝縮しているような気がするのは、「うらの塀」から零れるのが梅とか桜ではなく石榴の花だからだろうか。建築物はそのものだけでなく、周囲の状況と併せてひとつの世界なのである。

（歌集『滴滴集』）

どこかしいんとしてゐる穴があるやうなＮＡＲＩＴＡの朝の人渦《ひとうづ》にゐる　　馬場あき子

空港の建物全体が不思議な境界上にあることをこの歌は指摘している。本当にそうだ。でも言われないと気づかない。時を短縮し、越えてゆく巨大な通路でもある。どれだけ人がわさわさしていようと、列車の駅とはまったく異なる時空間がしいんと口を開けているのだ。「成田」ではなく「ＮＡＲＩＴＡ」であることが大切。

（歌集『世紀』）

ガラスドームのまはりは紅葉ぼんやりとゴミで温めたプールに浮かぶ　紺野万里

「ガラスドーム」と「ゴミ」の組合せがとても現代的だ。焼却場からの熱で温められた外の景観の見えるプールに浮かぶとき、人は何も考えたくない気分になるのだろう。建物そのものが透けて外界と地続きなのに、境界に守られている微妙な感覚（外の寒さや暑さも入ってこない）が面白い。

（歌集『過飽和・あを』）

寝ころんでゐるビルがあり大地震《おほなゐ》の通り過ぎたる都市のまんなか　日高堯子

「かやかやと冬陽がひびく大地震の廃墟ばかりを見てくらす眼に」と並んでいる一首。阪神淡路大震災の折、目を疑うような映像が連日続いた。「寝ころんでゐるビル」には古いビルばかりでなく新しいビルも混じる。廃墟となるしかなかった建物を、まだ息をしているかのように「寝ころんでゐるビル」と表現したのは凄い。

（歌集『玉虫草子』）

廃墟は天災で出現するばかりでなく、先にあげた団地群や都市の中の建物にも廃墟めいたものがある。実際に「廃墟」ブームは数年前に始まり、写真集やDVDも話題となっているが、あからさまな廃墟ではなく、人が住み、往来しているにもかかわらず「虚」を感じさせるものを現代建築として考えてしまうのは、時代のせいだけなのだろうか。

明治三十二年元旦の新聞『日本』に、子規の「四百年前の東京」「四百年後の東京」が掲載された。未来の神田川周辺の建築物は、「三層五層の楼閣は突兀《とつこつ》として空を凌《しの》ぎ」や「上層と下層と相通ずるには石階を取って迂回《うかい》すべく、昇降機に依りて上下すべし」と描かれている。高層ビルもエレベーターも百年もたたずに現実のものとなった。新しい情報では「宇宙エレベーター」なる施設が考えられているという。百年後はどうなる？

（「短歌現代」二〇一〇年三月号）

解説

手力と原罪
——さいとうなおこの世界

日高堯子

「さいとうなおこ」という名前をわたしが知ったのはいつごろであったろうか。四十代から歌を始めたようなわたしであるので、歌人その人と親しくなったのはそう古いことではない。だがその平仮名書きの名前のみは、人や歌を知る以前からわたしに確かな響きをもたらしていたようだ。

本名の斉藤直子をただ平仮名にしただけの、いわば単純なペンネームである。それにもかかわらず歌より先に名前を覚えていたのは、おそらく平仮名書きがもつやわらかな効果ゆえであろう。とくべつ意図したことではないとしても、自分にたいしてそのような表現がさらりとできるところに、「さいとうなおこ」の人となりをわたしは感じ、また彼女の歌の印象もそこに重ねて読んできたようだ。第二歌集『シドニーは雨』以降の歌集である。だが、この歌人の歌集を読むたびに、表現は明確であるのに、わたしの中には何かもやもやとした感じが残ったのである。おそらくそれもペンネームの印象があったからであろう。

ふり返ってみれば、わたしは第一歌集『キンポウゲ通信』の歌をほとんど知らなかった。今回はじめて『キンポウゲ通信』を一冊通して読むことによって、この歌人の原点をあらためて知ることになったのである。

1　ひといろの旗

第一歌集文庫『歌集　キンポウゲ通信』に付された略年譜によると、さいとうなおこが歌を作り始めたのは一九七三年、年齢では三十歳の時という。この年に「朝日歌壇に投稿。近藤芳美選に入る。未来短歌会に入会し、近藤芳美に師事」と記されている。そして十一年後の一九八四年に第一歌集『キンポウゲ通信』を出版、三十代の歌をここに収めることになる。

『キンポウゲ通信』——タイトルからして明るく、軽やかで、新鮮な詩情が漂い、第一歌集にふさわしい。歌集には歌人の船出を祝福して、岡井隆の序と大島史洋の解説が、それぞれ長文で付いている。贅沢な第一歌集というべきであろう。

いつよりかわが胸に棲む悲しみがひといろの旗を掲げてきたる
夫と子の寝顔見て灯を消しにけり遠きどこかで破裂音する
翅半分収めぬままにとまりたる虫がさわさわと本を横切る
花の種子蒔き終えて掌を洗うときさざむざむと何かに遅れし思い
もう少し目を上げたなら何が見える　狭き視野の中鳩が降り来る
目の前が閉じられてゆくさびしさに樹のごと濡れてバスを待ちおり
穏やかなる日々に裂け目は未だ見えず雪後の空に小さき靴干す

『キンポウゲ通信』のこのような歌にまず目が留まる。一首目の歌は巻頭歌。「悲しみ」といういわば使い古された情感を、自身の内実として「わが胸に棲む」と冒頭に宣言するのはなかなか勇気のいることだろう。だが、この表白の率直さは一首の情感を湿らせることなく、「ひといろの旗」という喩の新鮮さとあいまって、むしろ理性的な印象をきわだたせている。

この象徴的な第一首を過ぎると、「悲しみ」の表情は作者の日常風景の中で、さまざまな具体的な翳りとしてあらわれてくる。それは多くの場合「悲しみ」という言葉がもつあまやかな情感とは裏腹に、緊張と不安な予感に充ちている。たとえば、「夫と子の寝顔見て灯を消した」後に、作者の耳が聞く「破裂音」であり、「花の種子蒔き終えて掌を洗う」時の「何かに遅れし思い」であり、また「小さき靴」を干しながら予感する「日々の裂け目」などである。家族の日常情景がつねに危うい瀬戸際にあるような緊張した場面がつぎつぎに歌われている。そこでは、作者の感覚は日常の裂け目や不穏を鋭敏に受けとめつつ、しかし理性はそれらにじっと耐えているといえようか。

「〈家族〉は私にとってはつねに想いの中心であり、私と天地でおこるあらゆるものごとを繋ぐ糸だと思っている」「私は、生きて今在るひとときをなにかの形に残しておきたくて短歌をつくっている。明日はどうなるのかまったく見当がつかないから」。歌集の「あとがき」にこう記されているが、これもまた率直な言葉であろう。

海棠の細かきつぼみほの紅し子の三輪車土におろす日
鎮痛剤飲む吾に小さき額寄する幼な子の息草の匂いす

言い負けて帰り来し子は弟にひどくやさしいものいいをする
恥ずること知りそめし子は割れやすき陶器の如しよわれの目を見ず
帳面を「春」という字で埋め来しこの子は群にまぎれてゆかず

「あとがき」の言葉通りの家族風景である。とくに二人の息子をみつめている情景には、海棠の蕾や草の匂いが寄り添う抒情的な場面から、しだいに「言い負けて帰り来し子」「恥ずること知りそめし子」「群れにまぎれてゆか」ない子というような、成長期の子の姿が強い描線で映し出されてくる。そしてそのような視線に、情よりは知の詩質の人としての作者の本領が見えるようだ。

もう一つ、『キンポウゲ通信』の中で、わたしを強く刺激したものに次のような歌がある。

氷河期より眠り続けしマンモスの口中に残り

たるキンポウゲ
あらくさにまぎれし夏のたんぽぽへとおき氷河の崩れゆく音
冷えしるき新月の夜半いま地震は月の砂礫を揺りつつあらん
野菜かごに芽を伸ばしゆく玉葱はペルシャの鳥の裔かもしれず

歌集のタイトルともなった「キンポウゲ」をはじめ、「とおき氷河」の音、「月の砂礫」や「ペルシャの鳥」など時空を超えた遥かなものが、「夏のたんぽぽ」や夜半の「地震」や野菜かごの「玉葱」という日常身辺の事・物を通して想像されている歌である。一首の中に近景と遠景がひとつになっているといってもいい。とくに「キンポウゲ」や「ペルシャの鳥」への想像は飛躍が大きくて、読み手の心を遥々と誘ってやまない。

しかし、作者の想像の世界はこれ以上には広げられない。憧れの気分や空想への浮遊といったふわふわした情緒は、そのつど用心深く抑制をかけられている気配がある。そのような歌人のあり方を大島史洋は歌集の「解説」の中で、「詩的想像の世界に遊ぶにはあまりに醒めすぎた日常を見る目がじゃまをする」と記している。

この言葉に肯きながらも、わたしはしかし、彼女の抑制的な表現の裏に、現実の視野を超えたものへの憧れや、とらえがたい世界がたゆたっていることを、簡単に見過ごすことができないでいる。それは彼女の目が、あるいは感覚が、写実表現の枠に抑えられている言葉を超えていることの証ではないか。そしてて逆に、その反動として跳躍するバネをつねに身内に孕んでいる、そんな気配を感じるからである、後年、彼女がとらわれていくインドへの執着も、おそらくここに端を発しているのではないだろうか。

2 近景と遠景

第二歌集『シドニーは雨』の出版は一九九二年。

前歌集より七年後の四十代の作者がここに詠まれている。

わがいだくかなしみよりも濃きいろの朱色の月が中空に浮く
かすかなる塩の湿りはこの夕べ痛みとなりて指に伝い来
弟をかばうとき子は母われに老いたる馬のごとき目をせり
トリならばいかにか生きんニンゲンの群れになじまぬ子を一人持つ
水面に蝶のむくろはあしほそき虫数多のせて漂いゆけり
川二つ横切りてゆく小さき旅にレールモントフの詩集携う

歌集の前半の歌は前歌集の作風から大きく変化はしていない。しかし、自身は年齢を重ね、息子たちは成長している。生きている時間の重みが歌を成熟させているのは明らかだ。たとえば自身の「かなしみ」や「痛み」や、少年となった「子」の姿、また「蝶のむくろ」に見る不穏の影など、作者の見つめる対象は変わってはいないが、その視線にも表現にも安定感と重さが増している。またこの歌集に折り折り登場する「レールモントフ」という帝政ロシアの詩人は、この時期の作者の遥かな憧れの一つでもあろう。

そのような中で、新しい景色を見せているものに次のような歌がある。

雨脚の見えぬ川面にかすかなる吐息のごとき波立ちており
海となる川の終りは何もなし鷗の群れを見て帰り来ぬ
ひつじぐも泡だつ真昼川幅はあるところよりふくらみを増す
日を吸いて乳房のごとき中洲あり潮のにおいのただたえがたし

川渡る車輛の影に入りしとき中洲の砂のあおきふくらみ

川の情景をとらえた歌である。一見、目に入れた情景を詳細に描写しているように見えるが、これらはいうなれば歌人の内面の目がとらえた心象風景であろう。それもかなり暗く屈折した内面が重ねられた情景だ。たとえば「吐息のごとき」「ふくらみ」「乳房のごとき」などといった身体的な喩がとらえた景色は、川面の波立ち、海となる川の終り、中洲の砂などの形状に、一種なまなましい肉感を与えつつ、さらに「見えぬ」「何もなし」「ただたえがたし」という否定形の表白とも結びついている。眼前の景色を「何もなし」と切り捨てながら、このときの彼女の心は何かを引きずっていることが明らかなのだ。目に見えない気配を感じとっているゆえに、川や中洲が暗示的な情景に見えてくるということであろう。視野の暗さが印象に残る歌である。

さらにこの歌集の後半には、インドの旅の歌がはじめて登場してくる。これは一九八九年一月に「NHK学園学習の旅・インド」に講師として同行したものであるというが、折からの冬のインドの情景は、歌人さいとうなおこに新しい感覚や視野を強烈に体験させたらしい。これ以後彼女は九回にわたりインドを旅している。

エローラの石窟の階登るとき暗闇はとおき世の匂いせり

素足にてアジャンタの深き窟に入る母の胎内へ戻るごとくに

永遠に眠らぬ空ゆ剝き出しのデカン高原を射る光の矢

土ぼこりいろのサリーをたるませてしゃがむ女を幾たびか見つ

生きること死ぬことすべてナチュラルと若きガイドは言い放ちたり

インド体験は、この歌人にとってまず「闇」と

「光」の強烈さであったようだ。「闇」を「とおき世の匂い」「母の胎内」とし、また「光」を「矢」とする感覚的、かつ浪漫的な喩には、インドの無時間のような景色を体験した興奮がそのままあらわれているだろう。その興奮はまた現実観や生死の認識をも揺るがしたようだ。これまで遠景として心にあった世界を身体にとり込んだこの体験は、しかし思いがけない開放感をももたらしたようだ。最後の歌には生も死も同じく「ナチュラル」とする思想の発見があり、「サリーをたるませてしゃがむ女」に直に触れつつ、心や身体がしだいに「闇」の方へ、不可視のものの方へ自由に動きはじめたのを見ることもできる。それゆえにインドの「闇」の歌は、「闇」といえどもまた明るい。

　このインドの旅のはじまりに続いて、『シドニーは雨』の中の大きな出来事といえば、旅のすぐ後に目の疾病、網膜剥離に見舞われたことだろう。数回にわたって入院、手術を体験し、失明の恐れの中でさいとうがまさしく身をもって闇の体験をしたことは、なにか運命的にも思えてくる。

　眼の中のブラックホールひろがりてわれの視界をのみこみてゆく

　頭より地にのめり込む錯覚を繰り返しつつ意識戻り来

　夕近き物音すべて歯を持ちて回転しつつ耳に入り来る

　明け近きナースコールは山鳩の甘える声のごとくに聞こゆ

　真夜中の看護婦室より響きくる華やかに金属を取り落とす音

　シドニーは雨とラジオの声低しシドニーの雨いま耳に受く

　ガンジスの深きを流れ交差する河あるを聞きまた忘れゆく

　ほとんど暗黒の中で過ごした数日間か数十日間かがあったのだろう。一首目、二首目には目の疾患や闇の恐怖を、歌に表現することでじっと抑え込んでいる感じがある。異常な視界や錯覚という状態を、「視界をのみこみ」「地にのめり込む」などと表現しているのは、この作者の理性的な精神を十分に知らしめる。生の現実感は当然ながら視覚から聴覚に移っているが、たとえば物音が「歯」を持っているという感覚の鋭敏さと表現の的確さなどは、やはりこの作者ならではのものだ。さらに歌われている音には、看護室の金属音やナースコールの声といった近景の音があり、またシドニーの雨やガンジスを交差する河の流れなどという遠景の音がある。そうして存在する音と非在の音とを、歌人は闇の中の耳として聞きとっているのである。歌の景色はいよいよその陰影が深くなる。

3　インドという現実

さいとうなおことという歌人を語る時に、インドを基点として、その周辺の地への執着を欠くことはできない。第三歌集『明日は靄と』は前歌集より七年後の一九九九年に出版されているが、この歌集の中心を成しているのは、インドとその周辺のスリランカ、モロッコ、ウズベキスタンを含む地への度重なる旅である。

　バラナシの闇を分けゆく冬雷の下を走れり呼ばれしごとく

　人間であること今は忘れよとベンガルの波白く泡立つ

　紫の玉葱、ヴィシュヌ、青バナナ　街角は神と食欲の渦

　ケーララ州アレッピイには新しきワインのような陽が注ぎおり

　「僧院」の名をもつ街に眠りたりきれぎれの夢に響くアザーン

　濃い霧のなかに冷えゆく人間の躰の芯に咲く白い花

　白布にて巻かれし遺体順番を待ちつつほそく

口笛を吹く

転生を信ぜよ　マリーゴールドの湿った花が火の中に散る

どこまでも従きくる少女手をのばすもしや前の世われの生みし子

ぬばたまのコモリン岬砂踏みて黒衣のザビエル歩みたりしか

このような歌を抽き出し、並べながら、わたし自身の身体も景色の中を走り出す気分になる。ここにあるのは幻想や観念の景色ではない。バラナシの闇を雷光が切り裂き、街角では神と食欲が渦まき、ケーララ州アレッピイには新しいワインのような陽が降り注いでいるという、まさしく歌人の前に現実として在る景色である。光と闇が、夢と現が、生と死が、あの世とこの世が混然と入り交じる光景のなんという荘厳さ。彼女はこの光景の凄さのただ中に、心象も自己投影も吹き飛ばして、ただただ打たれているようだ。何かに「呼ばれしごとく」に、そして「人間であること今は忘れよ」という声を聞きながら。

六首目の「濃い霧のなか」からの四首は、バラナシのマニカルニカ・ガートで火葬情景に接した体験を歌った一連の中のものである。人を焼く火を見つめた体験が、ひときわ印象の鮮烈な歌を生みだしている。たとえば人間の死が露わに晒されている光景を前にして、死んだ「人間の躰の芯に咲く白い花」を感じとっていたり、また遺体につき添って火葬の順番を待っている者が「ほそく口笛を吹く」のを耳に聞きとったりしている。いずれも作者の確かな言葉づかいがとらえた光景である。つづく歌の「マリーゴールドの湿った花」は実物なのか、比喩なのか。ともあれ、「冷えゆく人間」とともに火中に燃える花の凄惨さと美しさを見つめながら、「転生を信ぜよ」と作者は祈っている。「転生」や「前の世」という言葉も、この光景の中ではそのままの現実として抵抗感がなく、「マリーゴールドの湿った花」の妖しい美しさや、「どこまでも従きくる少女」が「もしや前の世われの生みし子」という幻想も、自然に受け止められていくようだ。

さいとうなおこには、このような原初的ともいえる風景がよく似合う。ここでは見ているものと言葉とがぴたりと重なっているだけでなく、言葉が見ている世界の奥深さを伝えているといった方が正しいであろう。インドといえば、一般的には仏教が思い起されるのだが、作者自身がキリスト者であるからであろう、旧約聖書にあるような言葉の風景が、折り折りわたしの中に原初的な光景を呼び起こすといってもいい。

「旅をすると、見える美しいもの。見えない美しいもの。見える恐ろしいもの。見えない恐ろしいもの。さまざまなものに出会う。インドはその振幅がとてつもなく大きい」。「どんな国か、と問われても、決してきちんと表現できないだろう。自分が見て、感じたことすら、うまく伝えることができないだろうと思う。何か言えば言うほど、本質から遠くなってしまう」。「あらゆるものが露わで過剰に思えるインドを通過したのち、一番希薄になったのは私を含めた人間の存在だった」。こんな短文を旅の歌の間に多く挟んでいる。むしろ歌よりも文章の方が饒舌に心を語っているようにも見える。歌という形式は、あるいは彼女には小さすぎる器なのかもしれない。

インドで目撃した火葬の歌を先に引いたが、この歌集では自分自身の父の死をむかえた歌もある。

花一枝置かざりしかの七日間父の最後の闘いが過ぐ
おびただしき雀飛びたつあさぼらけその群れの死はいずこへ落ちん
「人はみな草のごとく」父の辺に焼けただれゆく聖書一冊

父の死の臨終に近々と接した日々であっても、日常の中の言葉は静的であり、思念的であるといえようか。では、インドの旅から戻った後の日常は、どのように歌われているか。

微かなる飢えに似てつねそそのかすインド亜大陸より抜ける風
たましいの言葉であれば夢は夜々われをよこぎる河にてあらん
水の上を歩むイエスを夢に見てひとりの男宙へのぼりつ
インドには何があるかと問う人に答えず行きから雲をみており
夕ぐれに来る白き猫少しずつ汚れて明日は靄となるべし

歌集後半では、インドの体験が昼となく、夜となく歌人の身体に揺らいでいる。「インド亜大陸」の「風」が身体を吹き抜けて、「飢えに似て」彼女を「そそのかす」というのである。また「夢」の中には自己という輪郭が消えてしまったような時空があらわれてくる。「たましいの言葉であれば」という条件のような言葉が「夢」に重ねられるとき、「夢」を「夜々われをよこぎる河」とする感覚にも不思議な現実感がある。さらに「宙へのぼ」っていく「ひとりの男」とは誰なのか。これも曖昧な表現だが、深く詮索する必要はないのだろう。このような謎がそのまま魅力になるような表現は、以前の作者にはなかったものだ。

歌集の最後に置かれた「白き猫」の一首には、日常という時空の「夕ぐれに来」て「少しずつ汚れて」いき、不透明な「靄」に「明日」はまぎれてしまう「白き猫」が歌われている。この茫洋とした時間の感覚も、インドの体験がもたらしたものかもしれない。

4　手力と原罪

第四歌集『逆光』(二〇〇八年出版)の中ほどに、「手力」という力のこもった一連がある。

迫りくる山の力を計りかねてひたすらに問う母とあらそう
異界より吹く風を受け左へともろくましろく

折れ曲がりたり
みずからの存在の有無を確かめる声をいくたび放っただろう
かたわらに座りいっとき手を握るひいやり乾くカナカナの羽根
夏過ぎて母の声さらに聞き取れず聞き取りしときは永遠の始まり
尊厳死するもさせるも荒縄にてたましい括る手力がいる

母の最期を看取る歌である。さいとうなおこの母は、同じく「未来」に所属していた歌人の三宅霧子、いわば先輩歌人である。歌集『逆光』の「あとがき」には、「わたしにとって、母は短歌の大先輩でもありました」、「アララギ」の先達である近藤芳美と母と「この大正生まれの歌人二人から、精神の自立と孤独について、そして何よりも生きることの気迫を教わってきたように思います」と記している。その母がパーキンソン病にかかり、病がすすんだ時、さいとうは大阪に一人暮らしをする母の介護のために、月の半分を母のもとで暮らす生活を数年間つづけたという。

抽出の歌は、すでに病が重くなった母を詠んだ「手力」という一連の中のものである。「手力」というタイトルは、一連の最後に置かれた「尊厳死」の歌によるのだろう。作者はこの時、おそらく母の終末医療についての決断をせまられていたのだろう。決定的な決断をするための力を「荒縄にてたましい括る手力」と表現している。臨場感のある強い言葉であると同時に、「たましい括る」(「いのち括る」でなく)とあることから、写実を超えた内的な比喩表現であることにも気づく。こうした喩的表現の巧みさは、「迫りくる山の力」や「ひいやり乾くカナカナの羽根」などにも明らかだろう。死の影や生命消滅の微妙な気配をとらえて、鋭く、深い。また「もろくましろく折れ曲が」るというのは母の生命の終わりをとらえたものか。そしてようやく聞き取った母の声が「永遠の始まり」であるとは、そこに死の界を感知してのことだろうか。独特な、そして清潔な死生観がここにある。
母の死を歌った多くの中から、印象深い歌をもう少し引いておく。

体力はすでに尽きたり気力のみ陽炎のように纏いて眠る
浅葱より藍へうつろう天空を漕ぎわたるべし単独行にて
純白の柩のうえに花束が雨を受けおり死者に代わりて
大正のおんなでありしわが母の帽子と矜持けむりとなりぬ
旅行者にすぎずとある日言いし声その母の子のわれも旅びと
水に降るはなびら一夜無音にて忘れゆくべし死者のことばも

そして、死の歌といえば、さいとうにとってもう一人、大切な存在である近藤芳美への挽歌もある。

腕組みてはるかなるかた眺めいる夕暮れの眼は透きとおりたり
思い出し思い返して声継ぐを黙してわれはソファに待ちぬ
一瞬に散りゆくことば呼び戻し構築せんとひとは目瞑る
盛り上がるベッドの髪に微か触れもの言うわれは何者でもなし

一、二、三首目には、さいとうなおこの深い敬慕をまとった近藤芳美の晩年の姿がある。近藤の精神の象徴として、透きとおった「眼」と「ことば」の「構築」を伝えている歌である。また最後の歌は病床の最後の姿であるだろう。近藤の風貌をあらわす「盛り上がる」髪に、作者は最後の手を触れている。そして「もの言うわれは何者でもなし」と断言もしているのである。

近藤芳美の挽歌の中に「声」や「ことば」に関する思いが見えているが、思えばこの歌集にはしばしば「言葉」が歌の中にあらわれていた。

三月はいつ目覚めても風が吹き原罪という言葉浮かび来

くらやみにたがいのことば垂れ下がり左右こととなる耳持つわれら

一首目の歌はこの歌集の巻頭に掲げられているものである。はじめて読んだときから強い印象を抱きつづけていた歌であるが、さて、「原罪」とは何か。キリスト教においてそれは、アダムとイブが神にそむいて禁断の木の実を食べてしまったことによる人類最初の罪であり、そして彼らの子孫である人間は生まれながら同じ罪を背負い、有限の肉体と死をもたらされたとされている。

作者は、だがこの一首の中で「原罪」そのものを語っているわけではないようだ。「原罪という言葉」という表現からもわかるように、「言葉」が含んでいるさまざまなものということであろう。聖書には〈はじめに言葉ありき〉とある。そしてその「言葉」の意味は自らの身体をもって解き明かすもの、という思いでもあろうか。すなわち、生きることであり、性であり、また信じること、考えること、書くことであり、死ぬことである。ともあれ、「いつ目覚めても風が吹」いている作者の精神風土に、「原罪」という言葉は離れることがなく、それは原初的でありながら、諦念のような響きをも含んでいるようだ。

二首目の歌は、歌集最終歌の一つ前に置かれているものであるが、これもまた奇妙な印象がして忘れがたい。「くらやみにたがいのことば垂れ下がり」とは、人と人とは言葉でつながることができないということか。「くらやみに」だらりと「垂れ下がった」言葉の袋そのものが、「左右ことなる耳」もつ「われら」の宿命であるというのだろうか。

現代における「原罪」とは何か——歌人はそう自問しつつ、ある時、ある場所において、その言葉を思いつづけてきたのかもしれない。インド体験後は、とりわけ身辺の生死に多々とりまかれ、彼女はそこで「手力」を振って生きながらも、しかし精神においては原罪をめぐる言葉の表裏が逆転してしまったようにも見える。いま、彼女の日常という生の時空は、父母未生以前の混沌ともいうべきインドからの「逆光」を受けて広がっているといってもいいのではないだろうか。それゆえに、言葉には現前の現実から解き放たれたような不思議な自由さがある。さいとうなおこの歌う生の領域には、あたかも時間空間の手触りが消えてしまったような、寂しくも懐かしい透明光が充ちているのである。

つまづきて摑んだものは鳥の羽ねむりより覚めただ水をのむ
しんしんと怒る夫は夢の奥ただなつかしい風景のよう
カワラヒワの黄なる部分が横切りぬカワラヒワだと目が思いたり

（書き下ろし）

さいとうなおこ歌集　　現代短歌文庫第171回配本

2023年11月26日　初版発行

著　者　さいとうなおこ
発行者　田　村　雅　之
発行所　砂　子　屋　書　房
〒101-0047 東京都千代田区内神田3-4-7
電話　03−3256−4708
Fax　03−3256−4707
振替　00130−2−97631
http://www.sunagoya.com
装本・三嶋典東　　落丁本・乱丁本はお取替いたします

現代短歌文庫

（　）は解説文の筆者

①三枝浩樹歌集（岡井隆・岩田正）
『朝の歌』全篇

②佐藤通雅歌集（細井剛）
『薄明の谷』全篇

③高野公彦歌集（河野裕子・坂井修一）
『汽水の光』全篇

④三枝昻之歌集（山中智恵子・小高賢）
『水の覇権』全篇

⑤阿木津英歌集（笠原伸夫・岡井隆）
『紫木蓮まで・風舌』全篇

⑥伊藤一彦歌集（塚本邦雄・岩田正）
『瞑鳥記』全篇

⑦小池光歌集（大辻隆弘・川野里子）
『バルサの翼』『廃駅』全篇

⑧石田比呂志歌集（玉城徹・岡井隆他）
『無用の歌』全篇

⑨永田和宏歌集（高安国世・吉川宏志）
『メビウスの地平』全篇

⑩河野裕子歌集（馬場あき子・坪内稔典他）
『森のやうに獣のやうに』『ひるがほ』全篇

⑪大島史洋歌集（田中佳宏・岡井隆）
『藍を走るべし』全篇

⑫雨宮雅子歌集（春日井建・田村雅之他）
『悲神』全篇

⑬稲葉京子歌集（松永伍一・水原紫苑）
『ガラスの檻』全篇

⑭時田則雄歌集（大金義昭・大塚陽子）
『北方論』全篇

⑮蒔田さくら子歌集（後藤直二・中地俊夫）
『森見ゆる窓』全篇

⑯大塚陽子歌集（伊藤一彦・菱川善夫）
『遠花火』『酔芙蓉』全篇

⑰百々登美子歌集（桶谷秀昭・原田禹雄）
『盲目木馬』全篇

⑱岡井隆歌集（加藤治郎・山田富士郎他）
『鵞卵亭』『人生の視える場所』全篇

⑲玉井清弘歌集（小高賢）
『久露』全篇

⑳小高賢歌集（馬場あき子・日高堯子他）
『耳の伝説』『家長』全篇

㉑佐竹彌生歌集（安永蕗子・馬場あき子他）
『天の螢』全篇

㉒太田一郎歌集（いいだもも・佐伯裕子他）
『墳』『蝕』『獵』全篇

現代短歌文庫

（　）は解説文の筆者

㉓春日真木子歌集（北沢郁子・田井安曇他）
『野菜涅槃図』全篇
㉔道浦母都子歌集（大原富枝・岡井隆）
『無援の抒情』『水憂』『ゆうすげ』全篇
㉕山中智恵子歌集（吉本隆明・塚本邦雄他）
『夢之記』全篇
㉖久々湊盈子歌集（小島ゆかり・樋口覚他）
『黒鍵』全篇
㉗藤原龍一郎歌集（小池光・三枝昂之他）
『夢みる頃を過ぎても』『東京哀傷歌』全篇
㉘花山多佳子歌集（永田和宏・小池光他）
『樹の下の椅子』『楕円の実』全篇
㉙佐伯裕子歌集（阿木津英・三枝昂之他）
『未完の手紙』全篇
㉚島田修三歌集（筒井康隆・塚本邦雄他）
『晴朗悲歌集』全篇
㉛河野愛子歌集（近藤芳美・中川佐和子他）
『黒羅』『夜は流れる』『光ある中に』（抄）他
㉜松坂弘歌集（塚本邦雄・由良琢郎他）
『春の雷鳴』全篇
㉝日高堯子歌集（佐伯裕子・玉井清弘他）
『野の扉』全篇
㉞沖なも歌集（山下雅人・玉城徹他）
『衣裳哲学』『機知の足首』全篇
㉟続・小池光歌集（河野美砂子・小澤正邦）
『日々の思い出』『草の庭』全篇
㊱続・伊藤一彦歌集（築地正子・渡辺松男）
『青の風土記』『海号の歌』全篇
㊲北沢郁子歌集（森山晴美・富小路禎子）
『その人を知らず』を含む十五歌集抄
㊳栗木京子歌集（馬場あき子・永田和宏他）
『水惑星』『中庭』全篇
㊴外塚喬歌集（吉野昌夫・今井恵子他）
『喬木』全篇
㊵今野寿美歌集（藤井貞和・久々湊盈子他）
『世紀末の桃』全篇
㊶来嶋靖生歌集（篠弘・志垣澄幸他）
『笛』『雷』全篇
㊷三井修歌集（池田はるみ・沢口芙美他）
『砂の詩学』全篇
㊸田井安曇歌集（清水房雄・村永大和他）
『木や旗や魚らの夜に歌った歌』全篇
㊹森山晴美歌集（島田修二・水野昌雄他）
『グレコの唄』全篇

現代短歌文庫

（　）は解説文の筆者

㊺上野久雄歌集（吉川宏志・山田富士郎他）
『夕鮎』『バラ園と鼻』（抄）他
㊻山本かね子歌集（蒔田さくら子・久々湊盈子他）
『ものどらま』を含む九歌集抄
㊼松平盟子歌集（米川千嘉子・坪内稔典他）
『青夜』『シュガー』全篇
㊽大辻隆弘歌集（小林久美子・中山明他）
『水廊』『抱擁韻』全篇
㊾秋山佐和子歌集（外塚喬・一ノ関忠人他）
『羊皮紙の花』全篇
㊿西勝洋一歌集（藤原龍一郎・大塚陽子他）
『コクトーの声』全篇
51青井史歌集（小高賢・玉井清弘他）
『月の食卓』全篇
52加藤治郎歌集（永田和宏・米川千嘉子他）
『昏睡のパラダイス』『ハレアカラ』全篇
53秋葉四郎歌集（今西幹一・香川哲三）
『極光―オーロラ』全篇
54奥村晃作歌集（穂村弘・小池光他）
『鴇色の足』全篇
55春日井建歌集（佐佐木幸綱・浅井愼平他）
『友の書』全篇
56小中英之歌集（岡井隆・山中智恵子他）
『わがからんどりえ』『翼鏡』全篇
57山田富士郎歌集（島田幸典・小池光他）
『アビー・ロードを夢みて』『羚羊譚』全篇
58続・永田和宏歌集（岡井隆・河野裕子他）
『華氏』『饗庭』全篇
59坂井修一歌集（伊藤一彦・谷岡亜紀他）
『群青層』『スピリチュアル』全篇
60尾崎左永子歌集（伊藤一彦・栗木京子他）
『彩紅帖』全篇、『さるびあ街』（抄）他
61続・尾崎左永子歌集（篠弘・大辻隆弘他）
『春雪ふたたび』『星座空間』全篇
62続・花山多佳子歌集（なみの亜子）
『草舟』『空合』全篇
63山埜井喜美枝歌集（菱川善夫・花山多佳子他）
『はらりさん』全篇
64久我田鶴子歌集（高野公彦・小守有里他）
『転生前夜』全篇
65続々・小池光歌集
『時のめぐりに』『滴滴集』全篇
66田谷鋭歌集（安立スハル・宮英子他）
『水晶の座』全篇

現代短歌文庫

（　）は解説文の筆者

⑰今井恵子歌集（佐伯裕子・内藤明他）
『分散和音』全篇

⑱続・時田則雄歌集（栗木京子・大金義昭）
『夢のつづき』『ペルシュロン』全篇

⑲辺見じゅん歌集（馬場あき子・飯田龍太他）
『水祭りの桟橋』『闇の祝祭』全篇

⑳続・河野裕子歌集
『家』全篇、『体力』『歩く』（抄）

㉑続・石田比呂志歌集
『孑孑』『忘八』『涙壺』『老猿』『春灯』（抄）

㉒志垣澄幸歌集（佐藤通雅・佐佐木幸綱）
『空壜のある風景』全篇

㉓古谷智子歌集（来嶋靖生・小高賢他）
『神の痛みの神学のオブリガード』全篇

㉔大河原惇行歌集（田井安曇・玉城徹他）
未刊歌集『昼の花火』全篇

㉕前川緑歌集（保田與重郎）
『みどり抄』全篇、『麥穂』（抄）

㉖小柳素子歌集（来嶋靖生・小高賢他）
『獅子の眼』全篇

㉗浜名理香歌集（小池光・河野裕子）
『月兎』全篇

㉘五所美子歌集（北尾勲・島田幸典他）
『天姥』全篇

㉙沢口芙美歌集（武川忠一・鈴木竹志他）
『フェベ』全篇

㉚中川佐和子歌集（内藤明・藤原龍一郎他）
『霧笛橋』全篇

㉛斎藤すみ子歌集（菱川善夫・今野寿美他）
『遊楽』全篇

㉜長澤ちづ歌集（大島史洋・須藤若江他）
『海の角笛』全篇

㉝池本一郎歌集（森山晴美・花山多佳子）
『未明の翼』全篇

㉞小林幸子歌集（小中英之・小池光他）
『枇杷のひかり』全篇

㉟佐波洋子歌集（馬場あき子・小池光他）
『光をわけて』全篇

㊱続・三枝浩樹歌集（雨宮雅子・里見佳保他）
『みどりの揺籃』『歩行者』全篇

㊲続・久々湊盈子歌集（小林幸子・吉川宏志他）
『あらばしり』『鬼龍子』全篇

㊳千々和久幸歌集（山本哲也・後藤直二他）
『火時計』全篇

現代短歌文庫

（　）は解説文の筆者

89 田村広志歌集（渡辺幸一・前登志夫他）
『島山』全篇

90 入野早代子歌集（春日井建・栗木京子他）
『花凪』全篇

91 米川千嘉子歌集（日高堯子・川野里子他）
『夏空の櫂』『一夏』全篇

92 続・米川千嘉子歌集（栗木京子・馬場あき子他）
『たましひに着る服なくて』『一葉の井戸』全篇

93 桑原正紀歌集（吉川宏志・木畑紀子他）
『妻へ。千年待たむ』全篇

94 稲葉峯子歌集（岡井隆・美濃和哥他）
『杉並まで』全篇

95 松平修文歌集（小池光・加藤英彦他）
『水村』全篇

96 米口實歌集（大辻隆弘・中津昌子他）
『ソシュールの春』全篇

97 落合けい子歌集（栗木京子・香川ヒサ他）
『じゃがいもの歌』全篇

98 上村典子歌集（武川忠一・小池光他）
『草上のカヌー』全篇

99 三井ゆき歌集（山田富士郎・遠山景一他）
『能登往還』全篇

100 佐佐木幸綱歌集（伊藤一彦・谷岡亜紀他）
『アニマ』全篇

101 西村美佐子歌集（坂野信彦・黒瀬珂瀾他）
『猫の舌』全篇

102 綾部光芳歌集（小池光・大西民子他）
『水晶の馬』『希望園』全篇

103 金子貞雄歌集（津川洋三・大河原惇行他）
『邑城の歌が聞こえる』全篇

104 続・藤原龍一郎歌集（栗木京子・香川ヒサ他）
『嘆きの花園』『19××』全篇

105 遠役らく子歌集（中野菊夫・水野昌雄他）
『白馬』全篇

106 小黒世茂歌集（山中智恵子・古橋信孝他）
『猿女』全篇

107 光本恵子歌集（疋田和男・水野昌雄）
『薄氷』全篇

108 雁部貞夫歌集（堺桜子・本多稜）
『崑崙行』（抄）

109 中根誠歌集（来嶋靖生・大島史洋雄他）
『境界』全篇

110 小島ゆかり歌集（山下雅人・坂井修一他）
『希望』全篇

現代短歌文庫

（　）は解説文の筆者

⑪木村雅子歌集（来嶋靖生・小島ゆかり他）
『星のかけら』全篇
⑫藤井常世歌集（菱川善夫・森山晴美他）
『氷の貌』全篇
⑬続々・河野裕子歌集
『季の栞』『庭』全篇
⑭大野道夫歌集（佐佐木幸綱・田中綾他）
『春吾秋蟬』全篇
⑮池田はるみ歌集（岡井隆・林和清他）
『妣が国大阪』全篇
⑯続・三井修歌集（中津昌子・柳宣宏他）
『風紋の島』全篇
⑰王紅花歌集（福島泰樹・加藤英彦他）
『夏暦』全篇
⑱春日いづみ歌集（三枝昂之・栗木京子他）
『アダムの肌色』全篇
⑲桜井登世子歌集（小高賢・小池光他）
『夏の落葉』全篇
⑳小見山輝歌集（山田富士郎・渡辺護他）
『春傷歌』全篇
㉑源陽子歌集（小池光・黒木三千代他）
『透過光線』全篇
㉒中野昭子歌集（花山多佳子・香川ヒサ他）
『草の海』全篇
㉓有沢螢歌集（小池光・斉藤斎藤他）
『ありすの杜へ』全篇
㉔森岡貞香歌集
『白蛾』『珊瑚數珠』『百乳文』全篇
㉕桜川冴子歌集（小島ゆかり・栗木京子他）
『月人壮子』全篇
㉖柴田典昭歌集（小笠原和幸・井野佐登他）
『樹下逍遙』全篇
㉗続・森岡貞香歌集
『黛樹』『夏至』『敷妙』全篇
㉘角倉羊子歌集（小池光・小島ゆかり）
『テレマンの笛』全篇
㉙前川佐重郎歌集（喜多弘樹・松平修文他）
『彗星紀』全篇
㉚続・坂井修一歌集（栗木京子・内藤明他）
『ラビュリントスの日々』『ジャックの種子』全篇
㉛新選・小池光歌集
『静物』『山鳩集』全篇
㉜尾崎まゆみ歌集（馬場あき子・岡井隆他）
『微熱海域』『真珠鎖骨』全篇

現代短歌文庫

（　）は解説文の筆者

現代短歌文庫

（　）は解説文の筆者

155富田豊子歌集（小中英之・大岡信他）
『漂鳥』『薊野』全篇

156小林幹也歌集（和田大象・吉川宏志他）
『裸子植物』全篇

157丸山三枝子歌集（千々和久幸・村島典子他）
『街路』全篇

158青木春枝歌集（来嶋靖生・森山晴美他）
『草紅葉』全篇

159真中朋久歌集（河野美砂子・大松達知他）
『雨裂』『エウラキロン』全篇

160小島熱子歌集（前川佐重郎・山内照夫他）
『ぽんの不思議の』全篇

161河路由佳歌集（寺尾登志子・藤原龍一郎他）
『日本語農場』『百年未来』『魔法学校』（抄）他

162続々・伊藤一彦歌集（日高堯子・岡野弘彦他）
『日の鬼の棲む』『微笑の空』全篇

163結城千賀子歌集（橋本喜典・三井修他）
『蜻蛉文』全篇

164関谷啓子歌集（毛利文平・さいとうなおこ他）
『最後の夏』全篇

165楠田立身歌集（西野妙子・藤原龍一郎他）
『津森村』全篇

166続・谷岡亜紀歌集（四方田犬彦・山田航他）
『風のファド』『ひどいどしゃぶり』全篇

167吉野裕之歌集（内藤明・喜多昭夫他）
『ざわめく卵』全篇

168本多稜歌集（小池光・俵万智他）
『蒼の重力』『游子』『惑』（抄）他

169紀野恵歌集
『フムフムランドの四季』『奇妙な手紙を書く人への箴言集』『架空荘園』全篇

170安藤直彦歌集（小池光・落合けい子他）
『佐夜の鄙歌』全篇

（以下続刊）

水原紫苑歌集　　篠弘歌集
馬場あき子歌集　　黒木三千代歌集